O dom

o dom | JORGE REIS-SÁ

EDITORA RECORD
RIO DE JANEIRO • SÃO PAULO
2009

CIP-Brasil. Catalogação-na-fonte
Sindicato Nacional dos Editores de Livros, RJ.

R312d
Reis-Sá, Jorge, 1977-
O dom / Jorge Reis-Sá. – Rio de Janeiro: Record, 2009.

ISBN 978-85-01-08575-7

1. Romance português. I. Título.

09-0339
CDD – 869.3
CDU – 821.134.3-3

Copyright © 2007, Jorge Reis-Sá

A editora optou por manter a ortografia do português de Portugal.

Direitos exclusivos desta edição reservados pela
EDITORA RECORD LTDA.
Rua Argentina 171 – Rio de Janeiro, RJ – 20921-380 – Tel.: 2585-2000

Impresso no Brasil

ISBN 978-85-01-08575-7

PEDIDOS PELO REEMBOLSO POSTAL
Caixa Postal 23.052
Rio de Janeiro, RJ – 20922-970

EDITORA AFILIADA

Para a Ana
Para o Guilherme
Ao Paulo Brody

SUMÁRIO

1

13 O homem do segundo andar
23 A mulher do rés-do-chão
33 O homem que protegeu
41 A mulher da loja de louças
49 O homem que se distinguiu
57 A adolescente
65 O rapaz que trouxe a louça

2

75 O homem muito magro
85 O pai da adolescente
93 A namorada do rapaz que saiu
101 O homem mais velho
109 O homem preto
117 A mulher muda
125 O homem da loja dos electrodomésticos

3

135 A mulher da loja dos doces
143 O padre
149 O rapaz da loja dos gelados
155 A mulher alta que chorava
163 O canalizador
169 O homem do dom

The main question raised by mass extinction has always been, Is there any pattern to who gets through and who doesn't — and if so, what causes this pattern? The most exciting prospect raised by new views on mass extinction holds that the reasons for differential survival are qualitatively different from the causes of success in normal times (...).

Stephen Jay Gould

1

O HOMEM DO SEGUNDO ANDAR

Como se a chuva viesse com as nuvens baixas. Como naqueles dias de Inverno em que as nuvens são escuras, pretas, quase não se imagina o sol por detrás do frio. Como se a chuva viesse nesses dias com o vento que a faz voar como pássaros pelo céu, e nós aqui, agasalhados até aos ossos, os guarda-chuvas não funcionam, dobram, partem, e nada se pode fazer senão deixar que o Inverno passe, pensar que sim, que o Inverno ainda há-de passar e que essas nuvens baixas e ventosas são passageiras.

Mas foi assim, como se a chuva viesse. Foi com esse frio que algo se passou e ainda agora, algum tempo depois, eu não sei o que foi. Vi, só. Nada mais. Estava no centro comercial e vi pelos vidros enormes que dão para o adro e para a avenida e logo me apeteceu descer as escadas rolantes em desespero e ir ajudar, ver o que se teria passado, mas o que se está a passar, pensava, o que é isto, as pessoas, as pessoas, este vento de sul que parece vindo do mar, a oeste, um vento que trará a chuva, para já só salpicos, quase toda a gente sem guarda-chuva na avenida que desce até ao rio.

Foi assim: as pessoas a caírem. E eu estava à espera que as horas passassem, tão-só. Eu estava encostado ao vidro, no centro comercial, entre as minhas coisas, entre os meus desejos mais íntimos, entre as minhas loucuras diárias e a minha vida.

Porque foi assim: as pessoas a caírem. A primeira que vi tinha decerto a minha idade, alguns anos dentro da casa dos trinta e levava pela mão uma criança. Vestia um sobretudo castanho, as nuvens assim o impunham, e a miúda, essa criança, trazia um guarda-chuva verde, pequenino, na mão direita. Brincava com ele, dirigiam-se para o centro comercial. Se tudo acontecesse como devia, se por debaixo dessas nuvens não tivesse vindo o que veio, iriam certamente passar por mim junto a este vidro e eu, como homem, veria a senhora da minha idade que trazia a criança pela mão, tirado-lhe então as medidas. Filha? Que me interessa isso, nunca interessou. Iria observar paulatinamente, em câmara lenta quase, a sua passagem, medir-lhe as curvas e imaginá-la como veio ao mundo.

Mas não. Foi assim: as duas no chão. Cada uma delas agarrada ao seu pescoço, como se aí experimentassem a ponta de uma faca. As duas em sofrimento e no chão. As duas a caírem com estrondo, primeiro a mulher que eu queria como veio ao mundo, depois, de seguida, muito rapidamente, a miúda. O guarda-chuva no chão com estrondo, imagino. Os corpos com mais estrondo ainda, o chão a segurar a queda e as mãos no pescoço. Alarmado, eu ia começar a correr escadas rolantes abaixo para ver o que foi, para ministrar aquilo que nunca soube, para fazer respiração boca a boca à senhora dona mãe da criança — e isso que importa, mãe, que importa? — ora aí está um pensamento interessante, pensei. Lembro-me de, na maior tragédia, ter pensado que ainda ganharia os meus lábios encostados aos dela, que o estrondo com que adivinhei a queda no chão ainda me iria valer de alguma coisa, começar pela mãe — mãe, que importa? — e depois até poderia beijar a criança, afinal estava a tentar salvá-la e eu nunca soube como seria. Deve ser interessante beijar uma criança, talvez até mais.

Elas caíram e eu julguei que o melhor a fazer era descer as escadas. Mas não desci logo, porque atrás, a poucos metros, vinham um homem e uma mulher, uma par de jovens, talvez recém-casados, ele com a mão sobre o ombro dela, o guarda-chuva na outra mão, a balouçar. E vi isso mesmo, também esse casal a cair. O homem caiu e eu vi o guarda-chuva cair passados poucos instantes. A mulher que caminhava aninhada no seu braço caiu da mesma maneira, olharam-se, bem vi, e tocaram cada um no seu pescoço em agonia.

E aí eu pensei: não. Não vou agora descer as escadas rolantes com toda a pressa do mundo, que já é gente demais para salvar. Gente demais e sei lá porque é que se agarram todos ao pescoço, e se é alguma coisa que lhes deu e me dá a mim também. E fiquei-me.

Deixei-me estar como se no cinema, a ver um filme novo em que quatro pessoas, essas que observei no início, se deixavam cair e agarravam as mãos ao pescoço. E agarraram. Senti-as suplicar ar. E foi aí que o estranho aconteceu, ainda mais. Porque levantei os olhos para o meio da avenida e mais gente estava caída. Porque os movimentos começaram a suceder-se e eu vi para além isso.

Houve um rapaz mais solícito que saiu a correr do andar abaixo do meu, da porta do centro comercial, para ajudar a mulher e a criança. Decerto com a mesma ideia, os beijos andam caros, pelo preço do ouro os mais baratos, e não se pode deixar escapar uma oportunidade destas, deve ter pensado. E esse rapaz caiu também. Tinha um sobretudo cinzento e o estrondo deve ter sido ainda maior porque ele era um metro e oitenta de gente. Caiu e também ele se agarrou ao pescoço, a alguns metros da ajuda que queria dar. O ar estava frio e húmido, os chuviscos tinham chegado, há algumas horas umas cargas de água das grandes, caíram todos no chão molhado do adro que dava para a avenida, com as mãos tentando encontrar o ar no seu pescoço.

E quando esse rapaz caiu, aí sim a estranheza tomou conta da minha observação. Já não era a estranheza de ver corpos e mais corpos estatelarem-se como tordos no chão do adro. Já não era só imaginar a mãe — mãe, que importa? — com a filha pela mão a cair, o casal de recém-casados, o rapaz que respirava tão bem dentro do centro e que, mal saiu para a rua, se deixou também cair como os outros. Não. Eram os corpos a serem acontecidos do mais estranho e irregular. Como podia ser isso, ainda hoje o imagino com asco, mas entendendo a limpeza como necessária, decerto. Se morressem, quem os levaria depois, era para ficarem ali deitados a apodrecer, tinha sido bem pior.

Foram os corpos que encolheram ou o espaço que aumentou em seu redor, não sei. É tudo tão relativo na ciência, dizem que são universos paralelos, que são espaços, tempos e lógicas que não entendo nunca. Pode ter sido isso, por certo foi. Um vazio entre o corpo e o seu redor. Há quem estabeleça isso como possível e nessa altura foi o que intuí. Porque a verdade é que foi a coisa mais estranha e não havia como compará-la com as verdades que achávamos mais normais.

Os corpos. A mãe, a sua criança primeiro. Depois o casal, aos poucos os outros infelizes que passeavam na avenida para se guardarem do futuro que seria certamente de chuva. E o rapaz que de tão solícito pagou pela maior medida. Os corpos começaram a encolher, como hei-de eu explicar isso que aconteceu sem ser com estas palavras mais normais. A encolher sim, como se o universo lhes tivesse caído em cima com o peso de toda a gravidade do mundo, como se não fosse possível a interacção entre um ser e o seu mundo exterior. Começaram a encolher aos poucos, mas tenho de falar das caras que vi do alto do segundo andar do centro comercial. Hei-de viver os anos que conseguir, mas nunca na vida hei-de ver estado de maior agonia. Era como se as vísceras estivessem a ser comidas por dentro e disso tivesse consciência cada um deles, cada uma delas. Era como se fossem moscas a serem tragadas por um louva-a-deus e nada pudessem fazer senão continuar com as mãos no pescoço. As pessoas começaram a acercar-se das janelas. Já não era só eu a assistir ao espectáculo mais medonho da morte. Da morte, pergunto. Gente e mais gente a chegar-se à janela, os corpos estavam a definhar com a dor.

A mulher foi a primeira, seguida muito de perto pela criança. Como que interrompendo a existência. Isso, quero acreditar que foi isso que aconteceu. Interromperam a existência para depois viverem de novo. Quando agora se juntam na jarra, naquele rés-do-chão, é nisso mesmo que quero acreditar.

Desapareceram. Ou não. Assim pareceu. Desapareceram do mundo, esfumando-se de encontro ao ar, por ele tragados e desistentes. A mulher primeiro, depois a criança, os recém-casados, o resto das gentes, por último o rapaz que, imagino-o pensando nisso enquanto o mundo e o ar o devoravam, deveria era ter ficado dentro do centro comercial.

Ainda houve outra pessoa que quis sair. Deste segundo andar foi-me fácil ver o acontecido. Era a namorada do rapaz e deveria querer um último beijo daquele que foi a correr para beijar a mãe e a criança. Mas quando ia a sair houve um homem grande que se intrometeu e disse bem alto não saia, como quem impõe a sua vontade sabendo-a a mais certa. E assim foi. A mulher não saiu, o seu tudo, esse rapaz solícito, foi o que se viu, e ela agora bem sabe que foi aquele homem enorme que a salvou da morte — bem, do desaparecimento, quero acreditar — mais certa.

Porque foi assim: naquele ar frio de Inverno, com as nuvens a voarem baixo e com o vento a alta velocidade, eles desapareceram. Ou transformaram-se. Isso, sim, ou se transformaram em algo de impossível e incompreensível. Eles foram contas no chão, negras de tanta luz no seu início, baças de tão negras no final.

Os corpos a decomporem-se para dentro, portanto. A definharem. A morte, o desaparecimento, chamem-lhe apenas agonia e dor última de quem está a ser comido vivo pelo próprio universo. Os corpos foram inseridos dentro do seu ponto mais pequeno e brilhante e, por uma última e única vez, explosivos na perfeição de uma conta. Uma conta, sim. Daquelas que se colocam nos colares e nas pulseiras. Sim, uma esfera negra e baça, pequena e única, com um pequeno buraco no seu centro, pronta para que algo a trespassasse e unisse.

Ninguém saiu, diga-se. E eles todos desapareceram na sua conta. Ficou apenas, que eu tenha conseguido ver por estarem suficientemente perto da minha visão, a mãe, a filha, os recém-casados separados por uns trinta centímetros e o rapaz, mais perto, como se estendesse a mão que já não tinha a quem queria salvar.

A mais pura verdade, aquela a que eu assisti deste segundo andar e que me fez pasmar, vomitar, maravilhar, imaginar o horror mais vezes e mais vezes e mais vezes. E por fim aceitar, perceber, sorrir, querer entender. As pessoas que estavam lá fora, pelo menos as do meu ângulo de visão — que se estendia desde o centro comercial, adro e avenida abaixo, até ao rio — desapareceram em contas. E eu cá fiquei protegido não sabia ainda porquê, com os gritos histéricos daqueles que tiveram a sorte de, no preciso momento em que o vento trouxe com mais força as nuvens baixas, se encontrarem às compras ou em descanso dentro do centro comercial.

Mas mais ainda. Porque éramos pasmo e mais pasmo quando vimos, todos e com os olhos que um dia também serão outra coisa, um homem. Vinha caminhando avenida acima. E, silente e mais pasmado do que nós, coleccionando cada conta que encontrava na mão, acariciando-a como se se tratasse do mais precioso tesouro, incompreensivelmente calmo, incompreensivelmente sem compreender.

Pegou nas contas dos recém-casados, eu vi. Pegou depois nos corpos feitos esfera da mãe e da filha. Traria já uma mão cheia de contas quando levantou a cabeça, me fitou olhos nos olhos para dentro do centro comercial. Deu mais dois passos, ajoelhou uma perna, pegou na conta do rapaz, colocou todo o conjunto em concha nas duas mãos e disse bem alto para que ouvíssemos:

Posso entrar?

Esse homem tinha o dom.

A MULHER DO RÉS-DO-CHÃO

Seríamos — somos — talvez uns cento e oitenta. As horas passaram e as pessoas foram-se deixando ficar dentro do centro comercial, é segunda-feira e não há muita gente às compras, procurando aquelas calças que se dariam bem com aquela camisola, aqueles brinquedos que a criança insistentemente pede, alguma comida que afague o estômago, afinal seriam — eram — horas de se ir comendo alguma coisa.

Junto ao vidro que dava para a janela, do alto do seu segundo andar, aquele homem continuava completamente transtornado. Dizia as suas loucuras, de vez em quando, uma voz alta, de costas para o vidro, vamos todos morrer, isto é o fim do mundo, e o outro, mais velho, cale-se lá com essas coisas, não vê que está a pôr as pessoas nervosas, mas ele nada. Repetia muitas vezes, eu vi, fui o primeiro a ver a agonia das pessoas a desaparecerem para dentro delas, a transformarem-se em contas e a serem, depois, seguradas nas mãos desse que pediu para entrar. E vocês, meus loucos, deixaram-no entrar.

Esse homem pode ter o dom, mas ninguém dá nada, nem os homens, nem Deus, e esse homem deve ter comprado o dom ao próprio Diabo, o Diabo está no meio de nós e vamos todos para o inferno.

O homem de que ele falava trazia nas mãos as contas que eram as pessoas no seu estado mais ínfimo. Ele chegou-se ao centro comercial, à porta cá de baixo, e disse-nos, a mim e àqueles que connosco estavam junto à porta, posso entrar, e parecia um anjo a segurar a vida inerte dos outros nas mãos.

Ele entrou. Eu abri a porta e o homem encostado ao vidro no segundo andar gritou logo, foi a primeira vez que lhe ouvimos a voz, não deixem, vai trazer a morte ou o desaparecimento para dentro, que é o mesmo, não deixem, mas eu deixei. Ele entrou rapidamente, não sabíamos o que teria acontecido lá fora para que esta tragédia tivesse tomado conta do mundo — do mundo, de nós, de todos, pergunto-me —, eu abri rapidamente a porta e ele entrou. Disse obrigado e os olhos eram de alguém com um dom, não vou mentir. Os ecos da voz do homem no segundo andar continuavam a chegar aos meus ouvidos, mas a verdade é que olhar para aquele homem, olhos nos olhos, me apaziguou. E ele entrou.

Um outro homem largou a filha, adolescente, que se segurava aos seus braços e acercou-se rapidamente dele. Disse, alguém que ajude, é preciso alguma coisa para colocar as gentes, estas contas, estas (...) e não soube o que havia mais de chamar àquilo que ele trazia. Junto à porta havia uma pequena loja de louças e foi aí que um rapaz entrou, procurando de entre todas as louças aquela que melhor pudesse guardar umas cinzas, afinal não era aquilo semelhante a quem morre, é cremado e colocado naqueles jarros, voltei a perguntar-me. Só não sabíamos nós, só queríamos nós pensar que no futuro ressuscitariam, que da mesma maneira que caíram para dentro de cada uma delas, aquelas pessoas haviam de voltar a respirar o ar puro do centro comercial, talvez até o do mundo.

O rapaz entrou na loja, procurou rapidamente uma louça, um vaso em forma de concha, qualquer coisa que desse dignidade ao desaparecimento. E achou. Saiu e chegou-se perto do pai da adolescente, disse, aqui tem, não sem antes ter ouvido os gritos da empregada da loja que, pensando como se o mundo fosse ainda o mesmo, disse, ó rapaz, onde levas tu isso sem pagar, chegando-se depois à entrada, ela que ainda estava, constatámos logo, inocente na sua ignorância. Chegou a correr atrás do rapaz, mas quando viu o homem e as contas, o seu ar de pasmo esqueceu os trocos que a louça custava e deixou-se estar, dizendo, espantada, podes levar, depois devolves.

As pessoas, contas baças com um pequeno furo no centro, talvez maiores do que um berlinde, talvez menores do que uma bola de golfe, foram colocadas com todo o cuidado no jarro que o rapaz tinha trazido. Éramos talvez uns quinze em volta da situação, vendo-a, ajudando, pensando nela. E no cimo das escadas, muita gente olhando para baixo, mas mais ainda o homem aos gritos a dizer mandem-no embora, ele tem de ser um perigo para não estar como a criança, a sua mãe, o casal recém-casado e outros tantos que assim foram transformados.

Ele não foi. Guardámos as contas que eram gente, a gente que se tinha tornado naquilo, na louça transparente que o rapaz tinha trazido. Colocámo-las junto ao vidro que separava o centro comercial do começo do adro da avenida, ao lado da porta que permitia ir e vir para o mundo exterior. E o meu homem veio então a correr. Tinha ficado para trás a ver alguns livros na livraria do segundo andar quando ouviu primeiro os gritos, depois o silêncio, a seguir o pasmo. E correu para mim com a preocupação que um homem deve ter pela sua esposa, como o amo por isso mesmo. Repetiu (...), dizendo o meu nome alto para que todos ouvissem, e desceu as escadas rolantes rapidamente, indagando o que aconteceu, o que se passa, o que foi.

Eu aproximei-me dele. Abracei-o com muita força. O meu homem tinha chegado, eu estava mais descansada. Afinal, como em tudo, quando somos dois e nos amamos é sempre mais fácil sobreviver às catástrofes, ao desespero, ao imponderável. E eu, com as mãos abraçadas ao seu tronco, com os seus beijos no meu cabelo, ainda mais nessa altura, quando os acontecimentos eram estranhos e tudo o que se poderia fazer era suspeitar, vi-me subitamente calma, serena, pacífica, como se visse novamente no fundo dos olhos do homem que, com o dom, tinha trazido as gentes em formato de conta para dentro do centro.

Eu amo muito o meu homem. É ele que me protege, sinto-o como uma árvore onde repouso junto, a coberto do sol, da chuva e da vida. Depois das agruras do começo da idade adulta, com os receios decerto infundados, na dúvida do que havemos de ser, depois da morte dos meus pais sobre a linha férrea, encontrei alguém que me trata como a criança que quero ser, sempre. E amo-o tanto por isso, meu homem, meu tudo, meu protector.

O pai da adolescente foi o primeiro a responder. Não havia pânico nessa altura porque já tinha acontecido o que tinha de acontecer, sentia-se. Agora era preciso racionalizar, pensar no que se passou e aceitar. Ou não. E respondeu, eu vi, as pessoas caíram dentro delas, como se fossem sugadas pelas suas próprias entranhas e tornaram-se contas como estas que colocamos junto ao vidro que nos separa da avenida. Foi este homem quem as trouxe, apaziguador, nas mãos. Ele não caiu para dentro dele e nós não sabemos porquê. E o meu homem, não nos interessa agora o porquê de ele não ter sido feito pedra baça ou conta, mas porque é que as pessoas se tornaram nisso, alguém pode explicar. O homem que estava no segundo andar e que tinha dito desde sempre, fui o primeiro a ver, eu vi, eu sei, repetiu mais uma vez, fui o primeiro a ver, eu vi, eu sei e continuou, as pessoas agarraram-se ao pescoço em agonia tal que eu não hei-de dormir nos tempos mais próximos, agarraram-se como se respirassem facas, como se cada pedaço de ar que inspiravam lhes cortasse a garganta, a boca, os pulmões. Deve ser coisa do ar, enunciou.

O meu homem ouviu-o. Mas só até ao deve ser coisa do ar, porque depois foi a repetição do esconjurar o homem do dom, ele que veio, ele que não, ele que é o Diabo. E o meu homem disso já não queria saber. Foi coisa do ar, disse alto, perguntando a todas as pessoas que viam o espectáculo. Então como estamos cá nós sem nos termos transformado em conta, sem termos em agonia engolido facas, como diz esse homem no segundo andar, perguntou um homem muito magro. E o pai da adolescente disse, pode ser por causa de alguma coisa que só existe aqui, decerto é coisa que se espalha pelo ar mas não consegue entrar no centro comercial. Sim, pode ser isso, disse eu em voz baixa para o meu homem. Sim, pode ser isso, amplificou ele. Sim, deve ser isso, repetiu a mulher pasmada que tinha saído atrás do rapaz da loja de louça. Sim, é isso, pensamos todos.

Mas então e esse homem, ouvimos desde o segundo andar. Falava do alto aquele que dizia ter sido o primeiro a ver tudo o que se passou, a gritar para acusar novamente o homem que tinha carregado as gentes em forma de conta. Ele tem um dom, repetiu, eu sei, eu vejo. Mas perguntem-lhe que fez ele para conseguir tal dom, isso é o que importa. Mandem-no para fora, mandem-no para fora, gritou ainda mais alto. Esse homem deve ser o Diabo, vociferou.

O meu homem olhou para cima, tirou as mãos dos meus ombros e, apontando para o segundo andar, disse, ninguém vai mandar ninguém para fora, esse homem é uma excepção, tem de certeza um dom, nisso tem razão, mas não o ataquemos por ter sobrevivido às facas que entraram na garganta de toda a gente, esse homem tem um dom e deve ser um dom que só quem sobrevive merece, esse homem deve ser bem tratado, esse homem deve ser protegido. O homem que trouxe as contas tocou-lhe então no ombro e, olhando-o em paz, respondeu:

Obrigado.

O HOMEM QUE PROTEGEU

Quando o homem do dom me respondeu obrigado eu senti que era feliz.

A minha mulher estava bem, eu estava bem, não tínhamos família com a qual nos preocuparmos, pelo que tudo estava bem. Assim não acontecia com muitos, como a mulher da loja dos doces, junto às escadas. Ela gritou, logo a seguir àquele apaziguador obrigado, ai meu Deus e se isto aconteceu em todo o lado, o que é feito dos nossos.

O pânico voltou a instalar-se. As pessoas começaram a descer do segundo andar pelas escadas, a pensar no que poderiam fazer. Um rapaz gordo foi o primeiro a chegar cá a baixo e dizer, tenho de ir procurar a minha irmã, já lhe tentei ligar para o telemóvel mas, como aconteceu com toda a gente, pelos vistos, ela não atende. Ela tinha ido ao café, que é feito dela, meu Deus. A seguir a ele, outras pessoas se chegaram à porta porque se lembraram dos seus. Queriam sair a toda a força para tentar salvar quem não estava no centro comercial. Eu tentei ser forte, disse, não saiam, nós não sabemos o que aconteceu, pode acontecer-vos o mesmo. E o pânico instalou-se e contra mim.

O rapaz gordo foi o primeiro a empurrar-me da frente da porta onde me tinha eu entretanto colocado. O homem que tinha trazido nas mãos as pessoas, o homem do dom, caminhou até ao lado e deixou-me ali a segurar a vida, como se fosse possível impedir que se movimentassem as pessoas como queriam. Repeti, não saiam, esperem, e tentei colocar-me então na porta com mais força ainda. O homem que tinha respondido à`minha primeira pergunta, pai de uma rapariga nova e bem bonita por sinal, aproximou-se de mim em ajuda. Eu estou aqui para si, disse, não os podemos deixar sair senão morrem ou desaparecem, é perigoso para toda a gente. E colocou-se comigo em frente à porta.

Mas o rapaz gordo não vacilou. E possuído por um medo familiar disse, a minha irmã, a minha irmã, que é feito da minha irmã, deixe-me sair, o senhor não tem o direito de impedir que eu saia, a vida é minha, a vida é minha. Nesta altura caíam-lhe algumas lágrimas pela cara abaixo e ele não estava só. Outras pessoas se chegavam à porta a perguntar o meu pai, o meu irmão, a minha avó na aldeia, o meu amigo, que aconteceu, e agora. Ninguém atende, ninguém atende, ninguém atende. O pânico começou a tornar-se incontrolável porque já não era só o quererem saber dos seus, era a sensação de impotência e de insegurança que os atendia. Da procura dos seus tinham começado a pensar e a gritar, mas decerto aqui não estamos a salvo, isto pode acontecer também aqui, eu não quero morrer, eu não quero transformar-me nessa coisa, na mesma altura que outros entoavam preces e gritavam pela mãe e pelo pai e pela irmã e por quem mais estivesse lá fora. Era a confusão geral e não havia como. Eu tentei, Deus sabe que eu tentei. O pai da miúda ajudou-me, nós tentámos. Mas quando as multidões se enfurecem por desespero não há como segurar o freio. Temos de deixá-los ir, sob pena de sermos tragados pelos seus cascos. E eu deixei.

De empurrão em empurrão caminhei para o lado onde se encontrava o homem do dom. A minha mulher estava do outro lado, inundada em medo. Resolvi ultrapassar as dezenas de pessoas que se acotovelavam na saída do centro, pegar nela e trazê-la para junto de mim. E fui, por entre as gentes que gritavam e urravam em maior desespero ainda. Atirei uma ao chão, outra contra os corpos que se mexiam nesta altura como se se espezinhassem já. A porta do centro estava fechada ainda e, no meio de tanta confusão e pânico, mais difícil se tornava a sua abertura. Mas consegui e, fazendo o caminho inverso, porque a segurança estava junto do homem do dom, trouxe-a para onde era melhor.

No segundo andar, o homem que se dizia o primeiro a ter visto tudo repetia alto ide, ide, ide, entre sorrisos trocistas, morrei, vereis como vai ser, entre gargalhadas enormes. Tinha pegado num cigarro, num isqueiro e acendido o seu lume. Era ele o Diabo, não o homem do dom, senti. Ele que dizia ide como se lhe encantassem as pessoas a caminharem para a mais vil execução, estava afinal na mais bela posição para a ver. E as pessoas foram.

O primeiro a sair foi o rapaz gordo, seguido pelo menos por mais duas ou três dezenas de pessoas. Já tinha sido muita a gente a juntar-se à porta, a descer desde o segundo andar. Confusas, em pânico, saíram a correr do centro comercial para procurar os seus ou a vida melhor por que ansiavam depois do evento que tinha transformado as gentes em contas. Terão saído, ao todo, quatro dezenas de pessoas, talvez cinco, para o adro onde começava a avenida. E não demoraram a desaparecer.

Primeiro o rapaz gordo, afinal o primeiro a respirar. E depois um homem, e depois uma família com um bebé ao colo e depois outro homem e depois outro e depois outro. A visão, aterradora, potenciada pelos gritos do homem do segundo andar, aconteceu. As pessoas caíram para dentro delas como se caíssem para o abismo do seu interior. Como custava ver aquele rapaz gordo, tomado apenas pelo pânico e pela ânsia de ajudar a irmã, a desaparecer, com as mãos agarradas ao pescoço como nunca. Sim, era do ar. Só podia. E certamente éramos nós os sobreviventes por causa de estarmos fechados neste centro. Eles inundaram de contas o adro da avenida. E os gritos das gentes que se acotovelavam dentro do centro comercial, eram dezenas de pessoas que já se tinham juntado na entrada para ver o que se tinha passado, entoaram para os céus como uma prece universal.

Eram contas. No seu fim, da mesma cor baça das que estavam na louça transparente depostas. Antes de um brilho como nunca eu tinha visto, com a minha mulher a agarrar-se a mim como nunca o tinha feito. Como se de cada uma delas um sol tivesse explodido para o ar, quando os corpos se comiam em autofagia. Brilhantes, primeiro, baças depois. Dezenas de contas no adro que dava para a avenida, o grito das gentes à entrada do centro e o pai da miúda a correr para a porta e a gritar ainda mais, ninguém sai mais, já viram o que acontece, deixêmo-nos estar.

Fechou a porta. Lá fora o chão cravado de grandes berlindes, assim parecia. E cá dentro o choro de quem não entendia o que tinha acontecido ao mundo, ao ar que todos os dias respirávamos, o que se passou para que se tivesse contra nós revoltado, transformado as gentes em coisas inomináveis, só as gentes e mais ninguém.

Num dia escuro e de chuva como aquele, mais homens sucumbiram ao seu destino por não terem acatado a serenidade. Foi uma escolha, a desses homens e dessas mulheres. O pânico traz consequências, e nós, aqueles que tinham ficado no centro comercial — talvez pouco mais de uma centena de pessoas — aprendíamos que não vale a pena correr para o futuro quando o futuro é tão estranho devido ao presente que o antecede.

O homem do segundo andar era como um bicho a rir. Fumava o seu cigarro em posição privilegiada para ver a transformação. O silêncio voltou a apoderar-se de todos os que ainda estavam no centro comercial, era altura de pensar.

A minha mulher, essa, chorava. Encostada ao meu ombro chorava mais do que quando, há anos, os seus pais foram colhidos pelo comboio na passagem de nível sem guarda. Ela não os tinha visto, apenas ouvido dizer dos corpos dilacerados. Apenas os tinha deposto na terra com a urna bem fechada. Mas aqui não. Aqui ela via como eu e como todos, as pessoas a comerem as suas entranhas como se julgava impossível, o brilho da estrela que parecia explodir, e depois as contas que inundavam o adro que dava para a avenida.

Foi nessa altura, quando o homem do segundo andar também se calou, que mais uma vez alguém me tocou no ombro. Disse:

Eu vou buscá-los.

A MULHER DA LOJA DE LOUÇAS

Eu sei, não sou nem nunca fui muito inteligente, mas o homem que diziam possuir o dom saiu pela porta que dava para a avenida e respirou. Nada lhe aconteceu. O homem deve ter mesmo um dom, disse a namorada do rapaz que primeiro tinha saído, lavada em lágrimas, e voltou-se novamente para o jarro onde repousavam as contas, repetiu, como já tinha feito tantas vezes, onde pára o meu namorado no meio desta floresta de contas, onde está ele que o não sinto nem vejo. E pensei eu o mesmo, olhando-o num pasmo só.

O homem que diziam possuir o dom começou a apanhar, uma de cada vez, as contas no chão molhado do adro que dava para a avenida. Com a mão direita pegava numa, com cuidado, colocando-a na mão esquerda que ia abrindo e fechando ao ritmo da sua colheita. Um joelho no chão molhado do adro, depois outro, depois outro e as contas a desaparecerem do chão para se juntarem na sua mão esquerda.

Nós inspirávamos o ar do centro comercial pensando como conseguiria ele sobreviver a isto, a esse veneno em que o ar que todos os dias respirávamos se tinha tornado. Vimo-lo parado, em silêncio, deveríamos ser mais de cem, todos os que trabalhávamos no centro comercial mais os clientes de uma segunda-feira pela hora de almoço. Já todos se tinham acercado desta entrada, ou quase.

Eu sei, não sou nem nunca fui muito inteligente, mas lembrei-me de repente do que aconteceria a quem não fosse avisado e sobressaltei-me, meu Deus, não será melhor avisar quem ainda precisa de aviso para que não saia do centro, disse muito alto, as minhas mãos tocavam o peito, como se em oração. Sim, é melhor, disse o homem que se tinha colocado em frente à porta, tentando adiar o inevitável. O outro, pai da rapariga adolescente, respondeu, sim, é melhor e rápido, quantas entradas e saídas tem este centro, tem três, esta, a da porta norte e aquela que dá para a gare dos transportes públicos, para a estação de caminho-de-ferro por cima da qual está construído o centro, era a mulher do homem forte que tinha afrontado as gentes quem falava agora.

Façamos então rapidamente aqui um grupo que vá a correr avisar as pessoas, já devem ser poucas as que ainda sobrevivem por engano cá dentro, mas é melhor sermos rápidos, voltou a falar o pai da rapariga. Eu vou, eu posso também ir, e eu também, e juntaram-se quatro, tu ficas aqui, virou-se o pai da adolescente para a filha, eu olho por ela, não se preocupe, não consegui deixar de dizer, eu não preciso que olhem por mim, só cá faltava essa.

Tinham falado o rapaz que levara a louça, o homem mais velho que entretanto tinha descido como tantos do segundo andar e um outro que se tinha distinguido nesse momento do meio da multidão que se acotovelava junto às escadas rolantes. E puseram-se a caminho.

Disse então eu à mulher do homem forte, vou buscar uma outra peça de louça, o homem que dizem ter o dom vem para dentro não há-de faltar muito e vai precisar de pôr as gentes em algum sítio. E lá fui. E peguei então numa louça semelhante à que guardava o primeiro conjunto de gentes e trouxe-a para fora, colocando-a junto ao vidro que separava a morte — ou o desaparecimento em conta, eu não sei, sou só a empregada de uma loja de louças e nunca fui muito inteligente — da vida e da respiração.

O homem de quem dizem ter o dom foi-se afastando, pegando talvez numa dezena de pessoas. Entrou no centro, saiu novamente. Depositava as contas na louça e voltava para carregar mais gente. Quando teve as últimas na mão esquerda olhou em seu redor, tentando encontrar mais gente que se tivesse transformado naquela coisa. Levantou-se — ele era alto, teria bem um metro e oitenta — mas nada gordo, elegante, assim como imaginamos alguém que um dia há-de ter um dom — e olhou à sua volta. O chão estava limpo de gente e de contas, coisa que era o mesmo nessa altura. Olhou para dentro, sorriu com um sorriso de pena e veio pela última vez de encontro a nós.

Quando entrou, com as últimas contas nas mãos em concha, pousou-as na louça que entretanto tinha eu trazido da loja. As pessoas estavam paradas, como se estacassem à espera de algo que não sabiam bem o que seria. Abriram alas para ele entrar e ele entrou para o fundo do centro comercial. Deixaram-no ir, rodeado só pelo homem forte que já se parecia tornar naquele que nos havia de liderar e viram-no verter as últimas contas para a jarra. Lá se encontram, o tempo que Deus Nosso Senhor quiser, pouco que seja e que as nossas orações o encurtem.

O homem de quem diziam ter o dom levantou-se então. O homem mais forte olhou-o fundo nos olhos e disse-lhe, não será melhor ir dar uma volta pela cidade, para ver o que encontra, leva daqui um jarro grande de louça que eu tenho, disse eu sem pensar. O homem forte olhou-me e respondeu, melhor seria um saco, mas meter as pessoas que se fizeram em contas num saco não é coisa que elas mereçam, mas decerto é melhor (...), disse a sua mulher, senão como vai carregar o homem do dom as contas, que já não são leves certamente, mais uma louça onde as deitar.

Eu posso ir buscar a louça mais leve que tenha na loja, ao mesmo tempo ver se é grande o suficiente, mas a menina tem razão, a louça pesa sempre alguma coisa. E fui. Procurei na loja a louça que desse em peso para ser carregada e em volume para colocar as contas suficientes que compensassem uma jornada grande. Quando cheguei, as pessoas acercavam-se do homem do dom.

Repetiam, veja se ma encontra no café da avenida, ela é magra, tem um metro e meio, cabelos compridos, veja se me vê na biblioteca o meu irmão, ficámos de nos encontrar aqui para almoçar, ele trabalha lá, pesa um bocado, mas transformado em conta deve pesar tanto como os outros, repetiam. Umas conscientes do estado, outras dizendo e dizendo das características físicas dos seus como se isso importasse agora. Não importa nada, são todos contas e só este homem que dizem ter um dom lhes pode valer para chegarem aos seus que estão protegidos desta peste e ainda acreditam que os podem salvar um dia.

Foi o homem forte quem mais uma vez se impôs, o homem do dom vai dar uma volta mas não vai procurar este ou aquele, ele promete trazer quem encontrar, e olhou-o nos olhos, vendo-o anuir com a cabeça, mas não pode agora andar a marcar cada conta para saber quem era, se um dia eles se voltarem a transformar em gente logo vemos, mas assim diziam, como sei se o meu irmão, meu pai, meus avós, como sei se estarão a salvo aqui comigo, perguntavam, não sabem, claro que não sabem, não há nada a fazer, neste momento só este homem nos vale, vamos pensar depois como poderemos nós também sair, mas isso mais logo.

Mas as pessoas voltavam a acercar-se dele e com mais querença, ajude-me, os meus pais estão na rua do rio, estão na rua do mar, estão na rua dos barcos, vá lá ver se estão em casa, pode ser que eles tenham as janelas fechadas, pode ser que ainda vivam em vida de gente e não de conta, ou os meus pais estão no lar, tenho uma tia no hospital, tenho, venha, veja, por favor, e foi o homem mais forte quem se impôs, assim não, anunciou.

Chegou-se ele perto do homem que dizem ter um dom, deu-lhe para as mãos a louça que eu trouxe da loja e repetiu, vá à sua jornada, cá o esperamos, vamos ver se há mais como nós nesta cidade, nós por cá nos arranjaremos.

A mulher do homem forte olhou-o fundo nos olhos, tocou-lhe nas vestes, disse, vá com Deus, e num gesto caridoso, feito por todos nós, por todos, sem excepção — mesmo pelo homem do segundo andar, de cigarro empunhado e a dizer do mal do Diabo — chegou-se aos lábios dele com os seus e beijou-o ternamente. Depois olhou o marido e disse, vamos telefonar, pega no teu telemóvel, se não der deve haver aqui telefone, pode ser que esse sim dê, quem sabe as pessoas estão bem, podemos salvar algumas delas dizendo para não saírem de onde se encontram.

O homem de quem dizem ter um dom olhou as pessoas em volta, cerrou um pouco os dentes, anuiu com a cabeça e virou-se. Não sem que antes tivesse tocado na fronte da mulher do homem forte e dito:

Eu venho já.

O HOMEM QUE SE DISTINGUIU

E lá fomos nós enquanto arranjavam a louça grande para o homem do dom levar com ele e o punham a caminho para encontrar mais contas.

Subimos pela escada rolante. No topo, do lado direito, o homem que se tinha detido no segundo andar durante tudo isto repetia ide, ide, não vos vale de nada, vamos morrer todos, esse homem, olhando para baixo, esse homem é o Diabo, ele veio para nos agonizar ainda mais na morte.

E um homem que vinha connosco não se conseguiu controlar. Era mais velho, teria esse os seus cinquenta e alguma coisa anos, não se controlou, e mal se chegou ao cimo das escadas, éramos quatro, esse homem, eu, o pai da formosa cachopa que tinha ficado à guarda daquela senhora simpática da loja das louças, e o rapaz que lhe tinha roubado sem licença o jarro, e não se deteve.

O homem mais velho andou lesto entre as gentes que olhavam dessa posição elevada os acontecimentos junto à porta, contra uns, contra outros, lá foi abrindo o seu caminho e chegou então ao homem que via, ou você se cala, ouça bem, ou nós pegamos em si e prendemo-lo numa dessas casas de banho do centro comercial, você veja lá, você veja lá.

O homem que tinha ficado sempre no segundo andar levou o cigarro à boca, você está a ameaçar-me, é, você veja lá como fala, olhe que você não me conhece e eu perco já as estribeiras e você nem sequer possibilidade tem de se transformar em conta, aterra já no meio do povo no rés-do-chão. O homem mais velho perdeu as estribeiras ainda mais rápido do que ele e, num gesto só, deu-lhe um soco que se ouviu no centro comercial todo. Nós, sabedores de que o que tínhamos a fazer era encontrar gente que se não tivesse lembrado ainda de sair e que estivesse ignorante da maleita que o ar trazia, corremos para eles e separámo-los. O homem do segundo andar não se ficou. Foi preciso não só o pai da formosa cachopa, o rapaz que trouxe o jarro e mais dois homens, gémeos por sinal, e cada um com a sua cara-metade, para o fazer parar. É que ele não estava a brincar e a vontade era mesmo atirar o homem mais velho para o rés-do-chão.

O homem do segundo andar lá acalmou, acalmia cínica bem lhe senti. Levou o cigarro à boca, olhou de soslaio para o homem mais velho, disse, isto não fica assim, com um ar tão calmo que até os meus ossos se arrepiaram, isto não fica assim, ouça, nós ainda nos havemos de encontrar outra vez, não me chamo (...) se não o fizer aterrar lá em baixo e não há-de ser daqui a muito tempo, e o homem mais velho, você cale-se, você cale-se que ainda leva mais, quem diz que isto não fica assim sou eu, pode escrever, você é a maldade em forma de gente. Disse-lhe então eu, homem, tenha calma, vamos mas é para onde nos disseram que éramos necessários, há gente a morrer de ignorância. E lá fomos.

O centro comercial tem uma nave central onde se encontram lojas de um lado e de outro e, ao fundo, uma praça a que chamam da alimentação por ser onde se misturam os restaurantes. Isto neste andar, que dizemos ser o segundo por ser tão alto, e um rés-do-chão, igual. O primeiro andar não existe, porque primeiros andares tão altos não existem. Passa-se logo do rés-do-chão para o segundo e nem fui eu quem o decidiu, é só ir ver nos elevadores como está isso escrito.

Tem três entradas, aquela onde apareceu o homem do dom e onde tudo se desenvolveu como um martírio e a entrada norte, junto à estrada. A outra, na cave, dá para as estações de caminho-de-ferro e de camionagem que fazem um interface muito moderno.

Parecíamos crianças a jogar aos polícias e ladrões. Depois de sanada — ou adiada... — a questão com o homem do segundo andar, percorremos a nave central que se encontrava deserta. Todas as pessoas tinham acorrido à entrada para ver o que se passava, éramos só nós os quatro que andávamos pelo centro nesta altura, assim parecia. Lembrei-me de repente da facilidade em ir buscar dinheiro, roupas ou o que mais eu quisesse, afinal ninguém olhava pelas lojas, de portas completamente abertas.

Quando chegámos à praça da alimentação, o rapaz que tinha trazido o jarro não se conteve e, olhando, como um ladrão que assalta um banco, para cada um dos lados, vendo como só quatro pessoas estavam por ali, pegou num conjunto de rebuçados daquelas lojas onde só se vendem doces.

O homem mais velho, do cimo da sua integridade, ó rapaz, que estás a fazer, isso tem dono, não ligue, disse o pai da cachopa, isto é pouca coisa, não há-de ser por isso que vai para o inferno, ao que eu, no inferno parece que já estamos nós. O rapaz acercou-se de mim, tem razão, isto é mesmo um inferno, quer um rebuçado, e eu, pensando que do inferno não havia de descer, lá peguei num e comi.

Virámos à direita na praça e percorremos a outra pequena nave, vendo ao fundo a saída para a estrada. O centro comercial estava construído sobre a estação de caminho-de-ferro de uma forma muito característica, como se num declive. Assim, aquilo que era o rés-do-chão lá em baixo e aqui o segundo andar, parecia visto daqui um rés-do-chão com uma subcave.

Quando chegámos à porta o espanto foi grande. Contas eram algumas, no alcatrão da estrada. Ainda conseguimos ver uma a deslizar paulatinamente para a goteira e nada pudemos fazer. Lá se foi mais gente de encontro ao esgoto. O rapaz que tinha trazido o jarro ainda pensou em sair, mas logo se deteve lembrando o acontecido.

Resolvemos então procurar nas lojas mais próximas se víamos gente ainda em ignorância, talvez entretidas a provar roupa, sem dar conta da mudança que a vida tinha sofrido em tão pouco tempo. Eu e o rapaz entrámos nas lojas do lado esquerdo, o homem mais velho e o pai da cachopa percorreram as do lado direito, separemo-nos, disse o mais velho do alto da sua sabedoria, e nós aceitámos, sim, vamos lá, deve haver aqui gente, respondeu o pai.

Separámo-nos como se fôssemos crianças, com as pistolas em punho para resgatar as prisioneiras ou donzelas em perigo no castelo do monstro. Encontrar-nos-emos aqui dentro de dez minutos, disse eu, que sei como estas coisas são, ainda nos perdemos e depois andamos por aí como baratas tontas à procura de gente num centro comercial.

Entrámos na loja de roupa e resolvemos ir ver ao sítio das provas. A música continuava a tocar, aquela música que nos irrita solenemente, entrámos como se o fizéssemos numa discoteca e o que nós quiséssemos mesmo fosse comprar roupa. Disse ao rapaz, espera aqui, pode ser que saia alguém dos escritórios que existem por detrás das lojas, eu vou ao sítio onde se provam as roupas, e lá fui.

Entrei dizendo bem alto, está aí alguém, está aí alguém, com medo do bicho mau que pudesse aparecer, mais me parecia um jogo infantil este pedaço da minha vida do que a verdade. E, quando abri o terceiro provador, vi, de costas para mim, despida das calças e das camisolas, com um soutien e umas cuecas, uma mulher. Disse, senhora, mas ela, tão embebida nos seus novos casacos ou nas suas novas calças, nada me respondeu. Repeti então, ao mesmo tempo que com o braço direito estendido lhe tentava tocar, senhora, desculpe, aconteceu uma coisa, tem de vir connosco, a sua ignorância coloca-a em perigo, e aí, num grito alto e desafinado, a mulher surpreendeu-se com a minha presença como se ela e não eu tivesse visto o pior bicho que se possa um dia imaginar.

Rapidamente se tapou, virando-se para mim em gestos muito zangados como que dizendo, saia, saia daqui, deixe-me em paz, mas em silêncio. Olhei-a, repeti-lhe, senhora, corre perigo, aceite o meu conselho, mas os seus gestos eram mais fortes do que a minha voz, lá tive de esperar cá fora que ela primeiro se recompusesse do susto e depois da vergonha.

Esperei então dois ou três minutos, quando ela saiu e começou a gesticular. Primeiro não compreendi, disse, diga, como, não entendo, mas depois, como se tivesse visto uma luz que me ensinava o caminho, a senhora é surda e muda, ai perdoe-me que eu não tinha reparado, desculpe a minha ignorância, não tinha entendido, e ela sem dizer palavra repetia apenas os gestos de quem não entende o que faz um homem como eu a abrir um provador sem aviso.

Segurei-lhe as mãos, acalmei-a com o olhar. Nada poderia dizer que ela entendesse porque não ouvia, nada poderia gesticular que significasse algo, porque neste caso era eu o ignorante. O rapaz acercou-se rapidamente de mim, ele que tinha ficado a atender a loja, tenha calma, ela há-de acalmar mais tarde ou mais cedo, há uma maneira fácil de ela perceber o que lhe queremos dizer, podemos falar através de uma caneta ou um lápis e um pedaço de papel.

E falámos.

A ADOLEscente

O senhor tinha saído do centro comercial e o meu pai ainda não tinha voltado. Não que eu me sentisse pequena ou me importasse com a saída deste senhor que dizem ter um dom e tem, não é que ele anda lá por fora sem mais ninguém, a revolver as ruas calçando-as com os seus passos, tudo transformado em pedra ou conta ou assim e a visitar quem quer e como quer. Ainda para mais sem guarda-chuva, ainda chove e ninguém se lembrou de dizer ao senhor que era melhor levar algo que o abrigasse. Não que me tenha importado, mas a chuva molha e ainda para mais estraga o cabelo e eu não gosto nada de ter o cabelo estragado, despenteado, depois é uma trabalheira enorme para o colocar direito e comprido como está, faz logo caracóis com a humidade e não há como.

Mas o meu pai ainda não tinha voltado. Não que precisasse dele, que não preciso. Mas lembrei-me outra vez daquela camisola na loja do segundo andar e com toda a gente pelas portas a assomar à estranheza não havia de estar lá ninguém, bem que podia ir, o meu pai andava por aí a tentar salvar o que já não tem salvação, esta mania de salvar o mundo aborrece-me tanto, por que raio não deixam as pessoas estar as outras, sem chatearem, deixá-las viver, deixá-las morrer, eu sei lá, a camisola é que era uma boa ideia, ir lá buscá-la, ou a vestia logo por debaixo do casaco ou então pegava num saco e trazia-a, isso, com um saco era boa ideia, sempre podia trazer mais qualquer coisinha.

Onde andaria ele, não que me interessasse, mas melhor seria ter-lhe dito que tinha de ir à casa de banho e trazer a camisola.

E fui. Ele que viesse quando acabasse de salvar quem quisesse salvar, eu ia num instantinho, isto estava tanta gente junto à porta que não tinha que dar cavaco a ninguém, a beleza das multidões, como nas discotecas, à noite, é que é tanta a gente que é como se estivéssemos sozinhos.

Mas quando me preparava para sair a senhora que anda a trazer a louça da loja que julga decerto ser dela virou-se para mim, ó menina, onde pensa que vai, aquela vaca, quem pensa ela que é para me chamar menina, primeiro, e depois para me perguntar onde vou, só porque abriu a boca quando não devia e se pôs a dizer ao meu pai que olhava por mim enquanto ele salvava o mundo. Não vou a lado nenhum, foi a primeira coisa que me saiu da boca quando estaquei. Raios, parecia uma criança a fazer uma asneira e a ter consciência da asneira, a escondê-la como pó debaixo do tapete. Mas olhe que até vou, tenho de ir à casa de banho, venho já, saiu-me logo de seguida e pensei estou safa, já posso ir buscar a camisolinha tão quentinha e ninguém precisa de saber, não foi a primeira vez nem há-de ser a última que peço emprestadada alguma coisa a alguém, a loja tem tantas e não há-de ser por causa de uma que haverá problemas, pensei.

E fui. A vaca que espere sentadinha, olha-me esta a querer meter-se comigo, eu digo-lhe, ela que dissesse mais do que o mas não demores, que eu disse ao teu pai que olhava por ti, que via das boas, as pessoas pensam que nós, só porque somos pequenas na idade, somos estúpidas, mas eu, primeiro, não sou pequena, e segundo, de estúpida tenho pouco.

Subi as escadas rolantes, até elas por entre a multidão, por entre a multidão depois delas, virei à direita para a casa de banho que é como quem diz, que o que eu queria era a camisola. E lá fui. Passei o homem que falava e falava desde o segundo andar há muito tempo, chato, pensei, e estranhei o olhar que me deitou, como se estivesse a ver pela primeira vez uma mulher. Eu não sou pequena, mas também mulher, bem, estou quase. Já me veio o período há anos, já tenho as mamas grandes que baste, mas decerto mulheres são aquelas que querem é sexo com homens e eu ainda não quero, deve ser isso ser mulher, deve, sexo é assim porco, uma vez vi na televisão um filme à noite, os meus pais tinham saído e no vídeo estava algo que não devia, ou era deles ou do meu irmão, eu vi e era uma porcaria, aquelas pessoas todas a fazer aquilo assim.

Não entrei na casa de banho, claro, passei sempre, que a loja era lá mais à frente. E fui. E a loja estava aberta como todas as de um centro comercial, e como eu previa não havia ninguém lá dentro. Ao fundo a camisola era quase de um brilho ofuscante, tanto me chamava. Vi-a, és minha, pensei, e peguei num saco junto à caixa, caminhei mais um pouco, anda cá que já cá cantas, meti-a no saco.

Foi aí que uma mão me tocou no ombro, olá princesa, ouvi, a voz não me era estranha, pensei quem será, o meu pai, a voz não me era estranha mas a do meu pai não era de certeza, olá princesa, mas quem me trata por princesa, ninguém, quem será, voltei-me surpreendida pelo cumprimento mas ansiosa pela estranheza do toque no ombro. E quando me voltei o homem, era um homem, tinha mãos grandes e o cigarro a cair no chão da loja desamparado, tocou-me no pescoço com força, empurrou-me com mais força ainda contra o monte de camisolas em cima daquela mesa e meu Deus, pensei, que se passa, quem és, que queres, meu Deus, que é isto, enquanto me debatia contra as mãos.

Mas as mãos eram fortes demais. E o homem puxou-me para ele e tocou-me na cara com a cara dele. E depois virou-me outra vez e empurrou-me com força de encontro à mesa e eu pensava no meu pai e no pecado que ele me tinha ensinado, eu estava a levar a camisola que não era minha, isto devia ser castigo, só podia, que posso eu fazer, pensava, e agora, pai, pai, pai, onde andas que salvas quem não deves quando eu estou aqui a precisar de ser salva.

Ele fez força depois de me levantar a saia. E eu senti uma coisa dura nas costas enquanto ele me tentava dobrar sobre a mesa das camisolas. Larguei aquela que queria minha na tentativa de enganar Deus, eu não queria a camisola, pensava que aqui era a casa de banho, Deus, não me faças isto, anda lá, pai, pai, pai, mas ao mesmo tempo pensando que se passa, que é isto que me toca nas costas, que é isto, quem és, que queres, estranho, o misto é de pânico e de ânsia e de fascínio, que se passa, meu Deus ajuda-me mas isto é interessante.

Ele bem queria por a mão na minha boca para eu não gritar. Mas a verdade é que eu ainda não tinha gritado e já o podia ter feito. Pensei porque raio não grito eu, que se passa comigo que chamo o meu pai mas o não digo, que enuncio um Deus e não o quero, que quer fazer comigo, eu decerto também quero, quem é o senhor, faça com mais força, ande, disse.

O homem largou-me então com as minhas palavras. Não estava decerto à espera de uma frase conivente, largou-me e deu um passo atrás surpreendido. Eu levantei então o peito que batia nas camisolas sobre a mesa, virei-me para ele e arranjei a saia. Olhei-o, porque é que parou, pensou que eu não estava a gostar, pode chegar-se a mim outra vez, eu prometo que não grito.

O homem que falava alto no segundo andar aproximou-se então de mim. Agarrou-me com força, sorridente, tocando-me no corpo, as mãos debatiam-se com a minha saia, puxando-a para cima e para baixo, a sua boca debatia-se com o meu pescoço, a outra mão com o casaco que guardava o meu tronco. Eu deixei-me estar, até achei interessante a ideia, é certo. Um homem como aqueles, velho, a querer um corpo como o meu. Era interessante, tinha alguma coisa de que sabia poder vir a rir quando quisesse contar à (...) nas aulas do dia seguinte. Mas as coisas interessantes só o são verdadeiramente se nós não as soubermos fazer ainda ganhar mais interesse. Peguei na tesoura que tinha visto pousada entre algumas camisolas, como se alguém aqui tivesse estado a cortar uma malha e tivesse saído a correr, deixando para trás a desarrumação. E com toda a força que pude espetei-a na barriga do homem do segundo andar, anda lá, não gostas agora, cabrão, ora vê lá se não é bom tudo isto, meu filho da puta, pega lá que é para perceberes que não sou para o teu bico, pensei em voz baixa.

Ele agarrou-se ao ventre e caiu em agonia para o chão. As camisolas caíram sobre ele, na sua tentativa de se agarrar a algo, deixando a mesa vazia. Aproximei-me, olhei-o nos olhos e procurei entre aquelas que estavam ao seu lado o meu número, é esta, eu bem disse que ganhava hoje uma camisola, metendo-a no saco.

E ao virar-me para a entrada da loja, vi o homem velho que tinha ido com o meu pai, disse alto eu bem sabia que isto não ia ficar assim, cada um tem o que merece, elevando o polegar em sinal de aprovação e caminhando ao meu encontro para me aconchegar.

Onde está o meu pai, perguntei. Encontrámos uma muda, vem com ela, com o (...) e com o rapaz da loja das louças para aqui, está tudo bem, não te aleijaste, pois não, não, disse.

Obrigado.

O RAPAZ QUE TROUXE A LOUÇA

Parecia que estávamos a brincar aos polícias e aos ladrões, nunca me senti tão criança como quando encontrámos a muda, um lápis, uma caneta, um homem com um dom a trazer contas nas mãos, a salvar gente de desaparecer, era coisa de muita importância para um rapazola como eu.

Não havia mais ninguém naquela entrada. A outra, a da cave, era na ponta oposta do centro comercial e obrigavanos a passar as casas de banho, algumas lojas e a descer pelo elevador. Foi quando ouvimos, estás bem, à frente. Era o homem velho que trazia abraçada uma rapariga.

Vinha a chorar, muito triste com algo que se teria passado e eu senti que sim, que era ela a mulher da minha vida.

Eu sou um rapaz novo, bem se pode pensar que isto é coisa de adolescente, mas ela era tão linda, com aqueles cabelos negros a caírem-lhe nos ombros e o choro, o choro é que lhe dava todo o encanto.

O homem que se tinha posto a falar com a muda correu ao encontro da rapariga deixando-a para trás. Eu, entre uma muda e uma coisa daquelas, tão linda e chorona, corri ainda mais do que ele, colocando-me ao seu lado e olhando-a fundo nos olhos, estás bem, que aconteceu, ouvi o pai dizer, filha, que entretanto chegou e me atirou para o lado, a mim, ao homem velho e ao que tinha encontrado a muda, anda cá, o que se passou, foi o homem que dizia mal do homem do dom, pai, matei-o, quis fazer-me mal.

Eu deixei-os a ultrapassar as dificuldades, nisto de pai e filha é melhor ter cuidado, um dia ainda é meu sogro e me trata mal porque se lembra de que um dia não fiz o que devia no centro comercial, e entrei na loja de onde os tinha visto a sair, mais ainda do que o amor, o sangue, se matou deve haver sangue, o dia já estava a correr bem demais com tanta coisa ao mesmo tempo, ainda por cima ir ver um homicídio como só se viam nos filmes, isto é que era um dia em cheio.

Na loja, o tal homem que falava demais estava caído entre algumas camisolas. Na barriga uma tesoura espetada e, em redor, sangue. Que maravilha, pensei, um homem mesmo morto, assassinado como gente grande, isto é que é uma experiência para contar aos netos, foi no dia em que as pessoas se transformaram em conta, já não bastava, meus meninos, as gentes em conta, o vosso avô ainda viu um homem assassinado.

A questão que se colocava não era a do homicídio, afinal tinha sido em legítima defesa, pensei, como se de um advogado me tratasse, a questão é o que vamos fazer com o corpo do homem. Ao meu lado tinha chegado o homem que encontrara a muda, e agora, que se faz com este homem, não se pode deixar aqui, ó (…) chegue cá, é preciso fazer alguma coisa. O homem velho chegou-se a nós, logo seguido do amor da minha vida, do seu pai e da muda, ainda espantada com tanto silencioso acontecimento.

Fizeste bem, filha, filho da puta do homem do segundo andar, logo vi que era má rês.

Pois fez, eu senti-lhe a maldade logo que o ouvi a dizer mal do homem do dom, ainda bem que lhe preguei um murro no focinho antes de morrer. Para aprender. Dito isto, o homem velho virou-se para mim, rapaz, arranja aí alguma coisa onde o levarmos, vê lá dentro no escritório que estas lojas têm, não o podemos deixar aqui. E eu fui ver. No tal escritório só vi uma escada das altas. Pareceu-me o melhor. Trouxe-a para fora, tem aqui esta escada, podemos carregá-lo se o levarmos deitado, tens razão miúdo, disse o homem que tinha encontrado a muda, põe a escada aqui ao lado do homem.

Depois de termos colocado umas camisolas na escada, decerto para que não magoasse as costas no caminho, disse eu com ar de troça, colocámos lá o homem morto. Peguei eu na escada na parte de trás, o amor da minha vida já estava mais calmo e deixou que o pai pegasse ao meu lado, o homem velho e o homem que encontrou a muda pegaram à frente. A muda, queda, deixava-se estar junto do amor da minha vida, dando-lhe apoio.

Pegámos no homem morto e trouxemo-lo para a entrada. Afinal era lá que estava toda a gente, havíamos de contar a situação, eles que decidam também o que raio vamos fazer com o homem, disse o homem velho.

À medida que nos íamos aproximando, as pessoas, que eram mais de cem, gente como milho, no segundo andar, a olhar para o adro que dava para a avenida, ainda mais gente no rés-do-chão à espera do homem do dom e das notícias que ele poderia trazer do mundo exterior, iam abrindo alas para nos deixarem passar aos quatro, carregando a escada com o homem morto envolto em camisolas, mais o amor da minha vida e a mulher muda, cabisbaixas, como se de um cortejo fúnebre se tratasse. Chegámos ao cimo das escadas rolantes e tivemos a ajuda de um homem muito magro que se prontificou logo ali a ajudar a descer o homem morto e a escada onde estava deitado. Isto não é coisa fácil, pensei, mas com a ajuda de todos o homem não há-de morrer outra vez, disse com alguma troça.

Lá o fizemos descer até à entrada. A mulher que tinha dado o beijo ao homem do dom chegou-se a nós, nós ficámos aqui à vossa espera, isto é muita gente e aqui só há dois telefones ali ao canto, os telemóveis, estranhamente, não funcionam, está lá gente e a fila é muito grande, eu não tenho família, o meu homem também não, há gente bem mais necessitada do que nós. Mas o que aconteceu, perguntou.

Este homem tentou fazer mal a esta linda senhora, disse eu do alto da minha paixão. O pai do amor da minha vida olhou-me de sobrolho carregado, será que não devia ter dito senhora, talvez rapariga, menina, eu só quis que ela gostasse do trato, acho-a tão linda, mesmo com menos choro agora que a mulher muda lhe amparou o sofrimento.

E ela gostou. Sorriu para mim algo envergonhada, balouçando o saco que trazia desde a loja. Se tentou fazer mal teve o que merecia, quem é ele que está coberto de camisolas e não dá para ver, disse o homem da mulher que tinha beijado o homem do dom, é o homem do segundo andar, disse o velho, eu disse que ele ainda ia ter o que merecia, têm razão, disse o homem muito magro, ele esconjurava o homem do dom com tamanha vilipendidade que não merecia viver, esse homem do dom é a nossa única salvação, ainda só passaram alguns momentos desde que tudo aconteceu, mas e se isto é sempre assim, meu Deus, que vai ser de nós, mais de cem, aqui presos num centro comercial sem forma de podermos sair, perguntou-se.

Num assomo de consciência ouviu-se um enorme oohh de toda a gente, que, pelas palavras do homem muito magro, pareciam ter ganho consciência dos seus problemas. Isso resolve-se depois, disse o pai do meu amor, agora importante é livrarmo-nos deste homem porco que queria fazer mal à minha criança, já sei, atirámo-lo lá para fora, disse eu do alto da minha paixão outra vez, assim também vemos de uma vez por todas porque se transformam em contas as pessoas.

Todos voltaram a uivar em uníssono oohh, e o que é que lhe irá acontecer, o que é que lhe irá acontecer, perguntavam entre si.

Por maioria de votos, todos com as mãos no ar entre o rés-do-chão e o segundo andar, decidiu-se deixar o homem morto no adro que dava para a avenida. Incumbidos dessa tarefa nós os quatro, os mesmos que o tínhamos trazido da loja onde tinha sido morto.

Abrimos a porta, sustivemos a respiração. E num instante só, puxámos para fora a escada e as camisolas e lá deixámos o homem morto, uma boa experiência para ver então a razão da transformação das gentes.

Fechámos a porta, vindo da avenida chegava o homem do dom novamente, e com ele o jarro cheio de contas até mais não. Vinha cansado, notava-se, tanto de carregar jarros com contas como de tanto se agachar para as apanhar. Passou pelo homem morto, entrou no centro comercial, disse:

Esse homem é para ser transformado em conta?

2

O HOMEM MUITO MAGRO

Passaram mais de dois meses desde que as contas apareceram vistas pelo homem do segundo andar, morto entretanto. Por ele, depois por nós todos, chegados à entrada principal do centro comercial para ver o que tinha acontecido, o que se passou, que é isto, as pessoas a morrerem, meu Deus, que vai ser de nós, era este o sentimento que todos partilhávamos.

As pessoas começaram a acomodar-se nas lojas. O poder é uma coisa muito transitória e estranha. Noto, nos meus passeios dentro do centro, visitando um, cumprimentando outro — afinal em dois meses de convívio vamos conhecendo muita gente —, noto como é estranho o que acontece quando mudam as regras do jogo. O padre, em passeio no centro naquele dia, para encontro com um qualquer fiel, tem tido comigo longas conversas. Eu não acredito. Ele sim. Mais ricas as discussões.

Nestes dois meses, as pessoas que trabalhavam na praça da alimentação tornaram-se as mais importantes do centro, afinal têm com elas os víveres que tanta falta fazem aos outros para sobreviver. Têm a água, têm os sumos, têm as carnes, têm os pães e a forma de os fazerem novos, têm muita coisa, embora muita dessa coisa esteja a acabar. Somos talvez uns setenta. Éramos mais, sim, mas temos de tirar aquele grupo que se aventurou avenida abaixo munido das botijas de oxigénio que existiam na loja de mergulho. Eram certamente uns quinze, uma luta enorme para ver quem vai, quem fica, quem quer ir, quem quer ficar.

Reuníamo-nos diariamente na praça da alimentação. Isto depois do primeiro motim e de um homem forte, que quando tudo aconteceu estava no rés-do-chão, ter tomado de assalto a loja dos artigos de caça e desporto e, com um grupo pequeno mas intenso, ter imposto a ordem.

É uma linha muito ténue a que separa a barbárie da civilização, bem dizia o meu professor na faculdade. Como se nota isso aqui, logo que começámos a sentir, algumas horas depois do acontecimento inicial, a primeira fome, foi começar a ver os primeiros grupos a formarem-se, a chegarem-se à praça da alimentação, à loja do pão, onde existiam croissants, pães com chouriço e outras apetecíveis iguarias, vamos comprar tudo, vai levantar dinheiro, e a fila que se fez no multibanco onde uma só pessoa tirou com três cartões todo o dinheiro que conseguiu, onde foram por isso poucos aqueles que conseguiram levantar o que precisavam para a sua vida.

Mas um disse logo, há ali o banco, mas não é o meu, disse o outro, não faz mal, entramos lá e tiramos o que precisamos, pedimos emprestado, depois, quando isto voltar ao normal repomos, e se não voltar, disse o outro, se não voltar o dinheiro não há-de valer nada daqui a algum tempo. E lá foram. Saquearam o banco, dos cem que éramos, um grupo pequeno de gentes começou a ter dinheiro a rodos para comprar logo todos os mantimentos necessários, a fila era interminável em cada um dos locais da praça e os homens que vendiam nunca tinham feito tanto negócio.

Mas o filho de um deles, que lá trabalhava com o pai, disse pai, mas se venderes tudo o que vai ser de nós para comer, o dinheiro não vale de nada quando não houver quem quiser trocar comida por notas e as notas não nos matam a fome. O pai olhou o filho, olhou a quantidade de dinheiro que tinha na caixa, olhou a despensa a esvaziar-se rapidamente de pães, de croissants, de pães com chouriço, olhou aquilo que os compunha no forno a começar a desaparecer e olhou a fila enorme que estava à sua frente e disse, acabou, vamos fechar, não temos mais, puxando com força o gradeamento que encerraria a loja.

De nada lhe valeu. Foi num assomo que as pessoas se revoltaram contra esta falta no fornecimento de mantimentos, aí começou o primeiro motim. Aproximaram-se da entrada da loja, interromperam o seu fecho com a força de muitos braços e entraram para saquear tudo. O filho e o pai, querendo salvar o que era seu ou daqueles que os empregavam, mas que assim como assim já deviam ser contas, aquilo que era seu agora por herança, meteram-se à frente das pessoas empunhando garfos e facas de pão. Mas de nada lhes valeu, as pessoas entraram, levaram pães, croissants, pães com chouriço, farinha, água, até o forno onde tudo era possível fazer. Levaram isso e ainda o dinheiro da caixa. Tudo.

As outras pessoas na praça, em fila indiana à porta de cada uma das lojas, começaram a ver aquilo e assustaram com os olhos os seus proprietários por herança. Era ver rapidamente as lojas a quererem fechar e ainda mais as pessoas a entrarem e saquearem tudo, tudo, tudo. Morreram doze pessoas só aí. Em confrontos com facas e garfos e no motim mais bárbaro a que eu alguma vez tinha assistido. Como animais à caça do seu osso mais precioso, de guarda àquilo que achavam seu, mesmo que por herança do acontecimento, mataram-se gentes e deixámos de ser cem para sermos logo noventa.

Assim o pai, assim o filho, depositados em sofrimento na loja que quiseram guardar e expirando uma última vez sem se transformarem em contas e sem poderem, quem sabe, vir a respirar outra vez.

Foi o tal homem forte, com a mulher ao seu lado e algumas outras poucas pessoas que correram rapidamente para a loja de artigos de caça e desporto. O homem forte disse, rapaz, põe-te aqui e não deixes ninguém entrar, pega neste arpão, e foi buscar uma espingarda para cada um deles. Seriam uns sete: o rapaz que deu a ideia de colocarmos o morto lá fora, um homem velho, esse casal, o pai da rapariga, a sua filha e uma muda. Todos os outros, a que me subtraí eu por medo e nojo, estavam em luta naquela praça: a mulher da loja das louças, a mulher da loja dos doces, a outra mulher que tinha visto o namorado sair logo no começo e desaparecer no adro que dava para a avenida, o homem que se tinha distinguido a certa altura e percorrido o centro à procura de gente, os gémeos que tinham separado o homem do segundo andar da sua luta com o homem velho, suas cachopas, todos.

Barricaram a entrada da loja de artigos de caça e desporto e armaram-se. Vieram os quatro como homens da lei até à praça, ficou o homem mais velho e as mulheres na loja, bem barricados, e deram dois tiros de caçadeira para o ar, recarregando novamente as espingardas com cartuchos. Aí foram os gritos seguidos de alguma acalmia. Não sem que antes o número de mortos passasse de doze para treze quando um moço de mais ou menos vinte anos correu ao encontro deles dizendo alto, quem pensam que são, precisamos de comida, isto assim está tudo mal, tentando tirar a arma ao pai da rapariga. Foi o homem forte quem o matou, atirando sem dó nem piedade nas suas costas, vendo, como vimos todos, o sangue a escorrer e o corpo a encolher de morto, mas que se impusesse em conta.

O homem forte disse então isto assim não pode ser, temos de ter lei aqui dentro. E as pessoas calaram-se com um misto de medo, de ansiedade e de respeito. Cheguem-se todos para esse canto, todos, gritou bem alto. E as pessoas foram. Lá se colocaram todas num canto, esperando novas ordens de quem agora detinha o poder pelo fogo. Assim mesmo, disse o homem. Vamos fazer isto em condições, se for preciso ser uma ditadura, este centro há-de ser uma ditadura, mas não é isso que deve, falemos todos sobre como resolver isto sem sangue, há-de ser possível, acabando com uma nova ordem, sentem-se todos, vamos conversar, bem alto e em tom imperativo.

As pessoas sentaram-se e respeitaram aquela voz e aquela imposição. Um homem preto disse, mas temos de comer, que vai ser de nós, os homens das lojas, que entretanto se tinham barricado em cada uma delas, os homens das lojas não podem ficar com tudo e o dinheiro não está bem distribuído, como vamos resolver isto, perguntou. Vamos resolver com calma e humanidade, disse o homem forte, não assim, com motins e mortos. Não somos assim tantos, isto não há-de ser difícil de gerir, com calma conseguiremos que tudo o que há seja distribuído para todos.

Não foi bem, mas quase. A vida não é só como nós queremos ou como quer o homem forte, muito solícito, mas que não tem as respostas todas. Eu cheguei-me perto deles, disse bem alto, eu não tenho armas e julgo que nem este homem nem ninguém as deve ter. Proponho que as entreguemos a seu tempo ao homem do dom para que as leve para fora. Mas para já julgo ser melhor conversarmos, vermos como distribuir os alimentos, a noite não demora a chegar e nós estamos todos aqui presos, a loja dos colchões não vai ter artigos suficientes para todos, temos de começar a pensar também nisso. Conversemos com calma, falemos do mais básico, falemos da comida, falemos do descanso. E tratemos os feridos, e livremo-nos dos mortos que, nesta ânsia irracional, acabamos por criar.

E decidimos. E o homem do dom continuou, repetidamente, a trazer contas no jarro, demorando no entanto sempre mais algum tempo do que na expedição anterior, assim a volta começava a ser cada vez maior.

O PAI DA ADOLESCENTE

Nestes dois meses que passaram as pessoas começaram a juntar-se por afinidades. O homem do dom viveu aqui muito tempo, até que lhe pedimos para ir ver se encontrava mais gente nos edifícios maiores da cidade, talvez até no centro comercial da terra vizinha. Estranhámos no entanto ninguém ter conseguido contactar com um irmão, com um pai, com um amigo, nada. Nem por telemóvel, que estranhamente deixaram de funcionar no momento em que tudo aconteceu, nem por telefone, onde as filas depois de um ou dois dias desapareceram, nem por computador, onde a internet poderia ter ajudado. Será que estaríamos sozinhos, que o ar neste centro comercial era o mais puro de todo o mundo, perguntava-me.

A minha filha está bem agora. Matou um homem e sobreviveu, coisa difícil, eu estive na guerra e sei como é difícil sobreviver à morte que impomos aos outros. O rapaz que trouxe as louças no primeiro dia está muitas vezes com ela, anda embevecido com a minha menina, eu tenho de ver se não deixo que aquilo ultrapasse apenas algum companheirismo.

A minha mulher e o meu filho devem estar feitos conta em casa. Ele estava doente, a gripe atacou-o com força neste começo de Inverno e a minha mulher não quis ir trabalhar para estar à sua cabeceira, ajudando. Disse-me, vai tu, combina com a (...) o almoço no centro, assim não tenho de cozinhar, eu como uma coisa rápida e preparo uma canja para o (...), e eu, está bem, virando-me depois para a minha filha (...), almoçamos os dois no centro comercial hoje, encontramo-nos lá.

Mal sabia eu como a doença de um filho salvou outro. Não fosse a gripe forte que afectou o (...) e estaríamos todos à hora da desgraça em casa, almoçando como costumávamos fazer sempre. Agora estamos aqui, adaptando-nos à nova situação e à solidão que veio com ela.

Depois do motim, as coisas acalmaram um pouco. Dormiram na primeira noite alguns na loja dos colchões, outros houve que foram ao armazém buscar um ou outro e os levaram para uma loja aqui ou outra ali. As pessoas que trabalharam nas lojas viram-se proprietárias de um espaço, como se este lhes tivesse sido deixado pelo desaparecimento do dono, assim se comportaram. E também aí se viram diferenças entre as gentes, desde o altruísmo da senhora da loja dos colchões oferecendo um pouso a todos, até ao homem da loja dos livros que se barricou sozinho no meio das letras. Pegou num colchão que negociou com a senhora da loja — essa disse-me depois que já conhecia o homem da loja dos livros de ginjeira, não ia ter maneira de levar nada que não pagasse — e fechou-se com os livros na sua loja. Não sei o que vai ser de gente assim, como hão-de pessoas destas sobreviver num sítio onde estão agora quase setenta pessoas e cada um tem um pouco daquilo que o outro precisa.

As comidas foram racionadas, ficou o homem muito magro que tinha falado alto na deposição das armas responsável por isso mesmo. Conseguimos um bom acordo, o dinheiro, se importante e ainda veículo de troca por vezes, logo começou a ser substituído por trocas mais directas. Juntarnos-emos na praça da alimentação logo à noite para a primeira refeição em conjunto, disse ele depois do motim, eu mesmo vou preparar a logística com alguns ajudantes que para tal estejam disponíveis, quem está, e ouviu-se eu, eu, eu, um homem do restaurante das carnes, a mulher da loja das louças e um homem preto. Muito bem, faremos o trabalho nós os quatro. E fizeram.

Eu fiquei responsável entretanto, com o homem mais velho, pela gestão das armas. Ninguém poderia ter uma arma, para não possibilitar revoltas e má distribuição das coisas mais necessárias. Apenas nós, com o homem forte que se tornou nosso líder, teríamos acesso a elas e por elas ficaríamos responsáveis.

E fomos aprendendo a viver.

O homem do dom saiu intermitentemente durante alguns dias, ausentando-se de manhã, voltando à noite com as louças cheias. Ao segundo dia, o homem mais velho deu a ideia de ele levar um carro para poder chegar mais longe e assim fez, pegou num carro, saiu do centro e levou duas gamelas que o homem do talho emprestou para trazer o máximo de contas. As contas são gente e nós sentimos necessidade de guardá-las. Como se aí residisse ainda o futuro mais optimista.

Trouxemo-las para a loja das louças onde as colocámos nos jarros. Numa tarde, poucos dias depois da desgraça, uma criança que brincava pelo centro entrou na loja de louças e começou a tocar nas contas, inconsciente da sua importância. Pegou numa, pegou num fio que viu pousado por perto e começou, sem que ninguém disso se apercebesse, a introduzi-las uma a uma, formando um colar. Com o colar desatado e cheio de contas, pegando numa ponta em cada mão, chegou-se perto da mãe, uma mulher alta que chorava o desaparecimento do marido que deveria ter vindo ter com ela ao centro e nunca chegou, e disse, mãe, ata, assim tenho um colar novo.

A mãe olhou-a em pânico e ansiedade pela coisa preciosa que ela tornava colar. Mas depois, com mais serenidade, viu que sim, que era isso mesmo que deveria ser feito das contas. Na refeição seguinte, na praça da alimentação pediu a palavra, a minha filha fez um colar com as contas, eu achei desrespeitoso no início, digo-vos, e ralhei com ela por isso, mas agora vejo que não, que as contas não merecem estar depositadas naquelas louças, como se fossem pedras inanimadas num cemitério. Proponho que se façam colares e que andemos, em homenagem aos transformados, cada um de nós com um.

As vozes levantaram-se, primeiro contra ela e depois a seu favor. Para isso, o homem forte que se tornou nosso líder teve uma importância grande. As pessoas ouviam-no muito, principalmente a ele e ao homem muito magro que queria retirar as armas todas, pela sua inata sapiência. Ele disse, é uma boa ideia, aceitemo-la, há uma capela adjacente ao centro, mas nós devemos é homenagear as pessoas que são conta, não um qualquer Deus que assim nos deixou, façamos da loja das louças um pequeno templo e dêmos graças à nossa existência e à possibilidade de ainda voltar a existir quem agora é conta, atando as contas no nosso pescoço.

As pessoas serenaram, ouviram-no, poucas foram as vozes discordantes. Talvez a mais forte tenha sido do homem da loja dos electrodomésticos, que encabeçava um grupo que lá se tinha estabelecido, homem gordo que, já se começava a perceber, não achava bem a liderança do nosso presidente, mesmo tendo sido votada e aprovada por unanimidade na altura. Disse, as contas são gente, eu não quero andar com gente que não conheço ao pescoço, nem que fosse para ver a Luz de Deus, que não é o caso, pelos vistos é para celebrar outros deuses, como se as contas também o fossem. E as pessoas do seu grupo, umas sete ou oito, aplaudiram, dizendo quase em uníssono o mesmo. Assim seja, quem não quiser ter na loja das louças o nosso templo não tem, pode sempre aproximar-se da visão do homem dos electrodomésticos. Eu quero, mas vocês decidam, quem quiser que apareça hoje pelas cinco da tarde na loja para celebrarmos a colocação das contas, disse o líder.

Das setenta pessoas apenas o pequeno grupo da loja dos electrodomésticos não apareceu. Todas as outras lá estavam. Foi pedido ao padre, até então muito calado no seu canto e sempre em oração, meu Deus, não permitas que mais gente se transforme em conta, não permitas que mais gente morra às mãos dos homens, peço-Te, meu Deus, mas aceito a Tua vontade, rezava, foi-lhe pedido que celebrasse um ritual de colocação das contas. A filha da mulher alta que chorava, que primeiro tinha feito o colar, ajudou à celebração, sendo a primeira pessoa a quem foi colocado o colar. Tinha doze anos. E essa foi a idade mínima para que se pudesse usar colar. Ficou desde logo estabelecido que, das nove crianças que existiam no centro com menos de doze anos, no seu décimo segundo aniversário seria feita uma celebração especial onde se daria graças à nossa existência por termos sobrevivido a este apocalipse e graças a essa nova criança que assim usava também um colar, assim todos sobrevivêssemos. Assim não fosse necessário, que esta peste durasse pouco tempo. Mas nessa tarde, mais de cinquenta pessoas foram colarificadas.

Ao líder foi oferecida, além do colar, uma pulseira, símbolo da sua autoridade. Ao homem do dom, regressado de mais uma viagem, duas, símbolo da sua excepcionalidade.

A NAMORADA DO raPaz QUE SAIU

O meu noivo morreu, saiu para salvar os outros e logo se deu acontecido e morreu. Ando com ele agora ao pescoço, mas nem sequer sei se é ele quem trago. Apenas um conjunto de gente transformado em conta que quero sentir como o meu noivo por entre as partes que compõem este colar.

Os dias foram passando e a tristeza foi-se impondo. Estou tão só. Ele morto ou diferente, coisa que parece a mesma, os meus pais algures, assim como todo o mundo, e eu só. Sem ninguém, rodeada de dezenas de pessoas e com uma solidão que me atravessa toda a carne.

Mas os mais difíceis foram os primeiros dias. Absorta pelo sucedido, apenas espectadora, tanto do motim como das novas partilhas e responsabilidades ou dos rituais onde se celebraram as gentes desaparecidas, deixei-me estar, abraçada pela senhora simpática da loja dos colchões que me deu guarida — num de solteira, pois claro. Não há quem me aqueça o corpo, de que me valeria um colchão grande, ele há gente que precisa de colchões grandes bem mais do que eu, que têm filhos, que são um casal, que tiveram a sorte de estar juntos neste centro — e eu tive-a — mas não tiveram o azar de dizer, vai, vai ver o que se passa, como eu disse ao meu amor. E ele foi. E matei-o então, porque a morte é deixar de ser verdadeiro e ele é uma mentira numa das contas que decerto faz parte do pescoço de uma outra pessoa.

Tocava-as vezes sem fim, passeando os meus dedos pelo colar, dizendo, és tu, serás tu, deixa que sim, quero que sim, fazes-me tanta falta, estou tão só, e falando num diálogo surdo com ninguém ou com um conjunto de contas, coisa que vem a ser a mesma.

Poucos dias depois da celebração das gentes transformadas houve um conjunto de pessoas que se apercebeu da loja dos artigos de pesca e de caça. Iam a passar por perto, seriam talvez uns sete e eu vi-os olhar e sentir uma ideia a cair pela fronte. Viram-nas, na montra, ao fundo da loja também, e hão-de haver na arrecadação mais ainda, pensaram, isto é uma cidade perto do mar, deve ter, viram na montra as botijas. Não eram daquelas necessárias para aquecer o fogão, como em casa da minha avó, onde à vez subíamos as escadas da vivenda com o peso da botija em mãos. Não, eram daquelas de oxigénio e lembraram-lhes uma possibilidade. Sair.

E então tentaram entrar. O homem velho que estava à porta com o pai da miúda que matou o triste do segundo andar não deixou, alto e pára o baile, aqui ninguém entra, que quereis vós, estamos a tentar que não haja mais tragédias como aquela que houve há dias, mas nós só queremos ver as botijas, as garrafas de mergulho, não vamos pegar em armas nenhumas, disse um deles. (…), gritou ele bem alto, e vindo da arrecadação apareceu o homem que se tinha tornado presidente do centro, estes homens e mulheres querem ver as botijas de oxigénio não sei para quê, deixo-os entrar, perguntou. Que quereis com elas, podem vir a ser necessárias como tudo no centro pode vir a ser necessário um dia, queremos sair, ir embora num carro e levá-las connosco, quantas têm, temos poucas, mas isso pode ser a vossa morte mais certa, e quando elas acabarem, quando elas acabarem já nós estaremos em mar alto no meu barco, lembrou-se um deles, saudada a ideia pelos restantes.

Assim não, eu não decido as coisas sem falar com toda a gente, logo à noite, à hora do jantar falaremos todos na praça da alimentação.

E assim foi.

Ao jantar estava toda a gente reunida, como sempre. Acatada a ordem que esse dito por nós presidente tinha estabelecido, ajudado pela mulher, pelo velho, por uma muda, pelo pai e respectiva filha, pelo rapaz que tinha ido buscar a louça e a espaços por aquele homem muito magro, como se fossem ministros de um governo, ele falou assim, há aqui um conjunto de pessoas que quer autorização para utilizar um dos bens do centro que, nesta sociedade que se quer cooperativa, pertence a todos nós, ouçámo-los e depois procedamos à votação. E eles falaram.

Nós vimos as botijas na loja que o presidente tem como sede do centro e onde também estão as armas, achámos boa ideia pegar nas botijas e ir embora, queremos por isso as botijas, tão-só, para podermos sobreviver lá fora, não há-de demorar muito mais, e até a luz desaparecerá, sabe-se lá quanto tempo o gerador aguenta, não queremos ficar aqui à espera da morte certa, o ar ainda se contamina com o de lá de fora ou a comida acaba e morremos, mesmo sem nos transformarmos em contas, como aconteceu com o homem mau ou com as pessoas durante a revolta, falou. Mas e ides para onde, para um barco que um de nós tem ancorado no porto, sempre com as botijas que ainda darão certamente para algumas horas, iremos para mar alto onde acreditamos que o ar não estará contaminado, mas porque julgam vocês que o ar está contaminado só em terra, porque é o mais certo, esta contaminação está forçosamente ligada aos homens e os homens no mar não mandam.

Alguns concordaram, outros nem por isso. Eu deixei-me queda no meu canto, triste. Quero ir para quê, deixar o meu amor numa das contas que estão por aqui, e se ele se transforma de volta e eu fui embora, só me apetecia era dormir até que o mundo voltasse, isso sim.

O alvoroço foi grande porque eram mais de quarenta, mais de metade, aqueles que queriam ir. E as botijas não seriam de certeza mais de quinze, as botijas são só umas quinze, disse o homem velho, eu contei-as entretanto, julgo ser justo deixar-vos ir, se o quereis, mas ides por vossa conta e risco, continuou o presidente.

Foi então resolvido fazer um sorteio. Existiam dezasseis botijas, entretanto novamente contadas e colocadas em frente da loja de pesca e caça. Os sete que tinham tido a ideia tinham entrada directa, claro ficou, afinal deles tinha sido o querer ir para a morte ou para a salvação. Das mais de quarenta pessoas que falaram, vinte e oito apenas, depois de muita conversa com os familiares, vamos não vamos, eu quero ir, não vais nada, vou sim senhor, decidiriam dar o nome para sorteio. Nenhum dos que tinha o poder de decisão sobre as pessoas do centro, nenhum dos do grupo da loja de electrodomésticos. Reconhecidos por mim, apenas o homem do talho e um dos homens gémeos, que o outro não quis. E sortearam-se os nove lugares que faltavam.

Nem um nem noutro destes dois se apurou. Mas saíram nove pessoas felizes por irem morrer, por irem salvar-se ou, mais certo, transformar-se em conta num barco em alto mar. Dessas nove, o caso mais estranho foi o do casal de pretos. Tinham ambos colocado o nome a sorteio, na esperança de poderem ir os dois e na expectativa de um salvamento. Mas apenas ela foi sorteada, ele não. Falaram muito, ouvimos todos a sua conversa, primeiro serena, depois mais impertinente, no final numa ira só. Ele pedia-lhe a ela para ficar. Ela dizia-lhe não, antes quero a minha salvação que a nossa morte, meu amor, entende que tenho de me escolher em vez de nós, se ficarmos aqui mais tarde ou mais cedo seremos conta ou cadáver, pelo menos lá fora posso vir a ser gente no ar puro, mas não vás que me fazes falta, dizia ele depois, não vás, que te quero tanto, escolhe-nos a nós em vez de a ti, não escolho, escolhe, não escolho, não posso, entende, a salvação é demasiado importante para ser importunada pelo amor, mas tu nem sabes se te salvas com as botijas, mas sei que pelo menos tenho uma hipótese, coisa que aqui, contigo, nunca terei, então vai que te esconjuro, então irei. E foi.

Saíram então no dia seguinte dezasseis pessoas em quatro carros desde o parque subterrâneo do centro, botijas às costas, um bocal a salvar os corpos da transformação. Passaram a noite a aprender a manejá-las, era ainda pouca a luz quando decidiram sair. E lá foram.

O homem do dom acompanhou-as durante a primeira parte do percurso, até ao porto. Contou depois, com as poucas palavras, que entraram no barco todos prontos para respirarem debaixo de água e o que queriam era respirar debaixo do céu. O barco partiu. E o homem do dom voltou.

Chegou ao centro comercial nesse dia, retirou as duas gamelas que tinha levado no carro como levava sempre, afinal tinha sido a primeira vez que tinha feito o caminho para o porto. Entrou pela cave, subiu as escadas rolantes até ao segundo andar e caminhou até à loja onde as decisões pareciam ser tomadas pelo presidente e pelos seus. Entrou, esse homem tinha um dom, entrava onde quisesse, sempre que quisesse. Disse:

É altura de ir para mais longe.

O HOMEM MAIS VELHO

A altura mais complicada destes dois meses não foi quando aconteceu o motim. Morreu gente, sim, mas eram coisas que entendíamos, um motim é uma desgraça e sem controlo nenhum provoca mortes entre as pessoas que se amotinam contra aqueles que não se querem amotinar. Nem quando, ontem, o grupo da loja dos electrodomésticos se resolveu revoltar contra nós, são pessoas como nós, apenas com maneiras diferentes de ver as coisas, mesmo que essa revolta tenha custado ainda mais vidas e uma nova vida para quem sobreviveu a ela. Ou a partida das pessoas com as botijas como se fossem tentar descobrir a salvação. Perguntei-me vezes sem conta o que seria da sua sorte, desaparecidas em conta no chão de um barco em pleno mar alto ou a respirar e a pensar agora como resolver o problema da alimentação, afinal o barco era enorme mas também limitado em víveres, lá iriam sobreviver só à custa de peixe. O momento mais complicado foi outro.

O homem do dom disse que ia sair por mais tempo. Disse-o com a calma que o seu olhar transmitia, disse que era altura de ir para mais longe porque a cidade estava já sem contas, era altura de andar até à cidade mais próxima, certamente iria demorar bem mais do que um dia. E foi.

Saiu pelo parque subterrâneo no carro que costumava levar e que era de um dos homens gémeos, solícito no empréstimo. E foi. Ficámos então entregues a nós como costumávamos, apenas por um tempo mais longo.

A idade pesa-me no raciocínio mas não o entorpece. Digo até que mais claro vejo agora que velho. O momento mais complicado começou quando ele não voltou nem passado um dia nem passado dois dias nem passado três. Não que dele necessitássemos, mas porque nos dava alguma esperança. E ele não voltou e passaram-se cinco dias.

Ao quinto dia a namorada do rapaz que saiu caminhava no parque metida nos seus assuntos, tinha ido à loja dos livros comprar um, o dono há-de morrer sozinho, é um dos poucos para quem o dinheiro ainda tem sentido, disse-me cumprimentando ao passar, nessa altura já se teria passado mais de um mês desde que tudo começou. A namorada do rapaz que saiu comprou então o livro e voltou calmamente para junto do seu grupo, que se tinha recolhido desde o começo da noite, como fazia sempre, na loja das roupas de criança. Alguns colchões cedidos pela mulher da loja dos colchões, alguns cobertores pela senhora da loja dos cobertores, e eles lá entregavam roupa de criança a quem dela precisasse.

Passava então em frente à loja onde montámos quartel e eis que algo aconteceu. A cachopa tocou primeiro no pescoço como se uma leve comichão a incomodasse, desceu as mãos pelo peito, levou-as ao cabelo, deixou cair o livro. A cachopa aninhou-se em sofrimento, deixou-se cair a si também. E, em convulsões nunca vistas, começou a transformação.

A namorada do rapaz que saiu tinha-se transformado em conta.

O pânico foi generalizado e custou mais algumas vidas. As pessoas acercaram-se aos gritos, eu cheguei-me a ela, ou à conta que era, peguei-lhe, disse, meu Deus, minhas Contas, que aconteceu, chamei, (...), anda ver, a moça transformou-se em conta, meu Deus, minhas Contas, disse o presidente, que vamos nós fazer, já não bastava o problema da água que vai começar a rarear, da luz que desapareceu há dias, e da comida que não vai durar para sempre, será que a peste também entrou no centro, perguntou. Decerto, que havemos nós de fazer, que havemos nós de fazer. Nesse pânico, duas ou três pessoas correram porque se sentiram transformar. Aos gritos, correram e desceram as escadas para o rés-do-chão. Aos gritos, eu não quero morrer, eu não quero desaparecer, correram e saíram, a peste chegou aqui também, que vamos fazer, aos gritos, saíram, saíram e aí sim, se transformaram. Nunca soubemos se tinha sido uma sensação ou uma verdade, elas ter-se-ão transformado lá fora ou já se iam transformando cá de dentro, perguntei-me sempre. O presidente correu atrás delas, eu corri atrás delas, mais gente ia pelo mesmo caminho quando dissemos, como se estivéssemos novamente no início de tudo, parem, parem, parem, isto não se pode resolver assim, vamos esperar. E as pessoas esperaram.

Nesse dia mais ninguém se transformou em conta dentro do centro, coisa ainda mais estranha porque a peste da conta parecia ser maleita que deitava mão a todos fora do centro sem escolha, então porquê a namorada do rapaz que saiu, perguntávamo-nos.

Guardámo-la dentro da loja de desporto e caça onde estávamos separados dos outros, ela era especial, mesmo sem dom nenhum.

Nunca em anos e anos de vida tinha visto tal coisa. Mas a idade parecia não importar. Tanto quanto vivessem todos os novos, nunca viveriam também coisa igual. Porque ainda mais complicado foi quando à mesma hora um dos homens do grupo da loja dos electrodomésticos nos foi trazido na mão em concha do homem que se dizia líder. Tinha-se transformado incompreensivelmente, diziam. E era complicado porque era uma pessoa por dia, notava-se, quem iria ser amanhã, perguntou o presidente sem saber o que fazer.

No dia seguinte foi a vez de uma mulher da loja dos relógios.

E no dia seguinte de uma menina, filha de um homem que se deixava estar com outros na loja dos brinquedos.

Estávamos a desaparecer aos poucos, debatíamos nos almoços e jantares onde se reunia toda a comunidade. Cem menos os que foram com as botijas, oitenta e quatro. Menos os que tinham morrido no motim, setenta e dois. Menos os dois que se tinham transformado lá fora, setenta. Menos o casal de namorados que tinha sido assassinado, sessenta e oito. Menos estes quatro que agora estavam juntos num pequeno objecto na loja de desporto e caça que era a nossa sede, sessenta e quatro. Que iria ser de nós, cinquenta e seis homens e mulheres e oito crianças.

O homem do dom chegou finalmente. Por onde andou, perguntámos-lhe, inquisidores. Ele deixou-se ainda mais calado, as suas respostas se dantes eram escassas, agora eram nenhumas. Com ele mais duas gamelas de contas e o silêncio. Mas nesse dia, nenhuma transformação interna em conta.

E assim nos dias seguintes em que ele se deixou no centro para descansar. E foi o homem muito magro que, agora com tanta dificuldade, devido ao começo da escassez de alimentos, geria a praça da alimentação, que disse, o homem do dom não deixa que ninguém se transforme em conta cá dentro, já repararam, e era verdade.

O homem do dom foi impedido de sair outra vez. Fomos ter com ele, o presidente disse, homem do dom, não podes sair mais, és demasiado importante para ires buscar mais contas a lugares longínquos, nós precisamos de ti porque tens não só o dom de poder andar pelo mundo como de nos salvar. Ficas.

Mas de nada valeu. A comida a acabar e nós dissemos, então sais, sim senhor, homem do dom, sais, mas não demores mais do que um dia, e sais para ir buscar comida, esquece as contas, homem do dom, agora somos nós a precisar de salvação.

E ele foi. E mais cinco pessoas transformadas em conta em seis dias de ausência. E ele chegou e o carro cheio de alguma comida, pouca essa alguma, que não era mais do que uns dias de alimentação para todos nós. De sessenta e quatro, cinquenta e nove, duas crianças tornadas conta, uma delas a filha da mulher alta que chorava, a nossa menina que tinha feito o primeiro colar. A tristeza.

Mas não o prendemos. Ele ainda saiu outra vez antes da revolta ter chegado. Já foram outros que o prenderam. Eu, mesmo sabendo que a peste entra no centro com a sua saída, confio e confio no homem do dom.

O HOMEM PRETO

De todas as horas que vivi até hoje neste centro as piores são sempre de noite, escuras como eu. Mesmo com a minha mulher cá era assim, a noite vinha e trazia o breu, a noite era o breu nela, contaram-se poucas semanas para que o gerador do centro desse de si e a noite se tornasse enorme na sua escuridão. O sol que, de manhã, cresce a partir dos vidros que dão para o adro e para a avenida até à praça da alimentação, até às lojas mais distantes, é como uma bênção diária.

A noite é e foi o silêncio. A minha mulher amava-me e eu amava a minha mulher, mas ela deixou-me em troca de si mesma. Que te importa mais, a nossa perdição em conjunto ou uma possibilidade de salvação individual, perguntei. E ela disse-me bem alto que escolhia o seu corpo ao nosso, a sua vida ao nosso amor. E foi embora com mais pessoas, de encontro ao mar e à possibilidade de um ar puro na sua imensidão. E deixou-me aqui sem ninguém, a viver o dia deambulando pelo centro, a noite em insónias constantes na loja dos relógios onde tínhamos escolhido o nosso pouso. O rapaz que trabalhava na loja foi um dos mortos no primeiro motim, era já a nossa casa, as mesas do centro afastadas até à parede, o colchão emprestado pela simpática senhora da loja dos colchões, alguns cobertores, roupas novas que íamos vestindo, retiradas das tantas lojas de roupa que o centro tem.

O centro trabalhava durante o dia em comunidade. As pessoas tinham as suas tarefas, arranjar comida era sempre uma prioridade, racionada pelo homem magro que tinha a seu cargo a praça. Ou lavar a roupa na lavandaria, ou montar um chuveiro na loja dos mármores, com um canalizador solícito a construir as ligações. A casa de banho não tinha chuveiros, não havia como nos lavarmos, era preciso que existisse higiene desde que as contas comeram as pessoas, sabíamos lá nós se a sujidade nos poderia trazer ainda mais problemas do que os que tínhamos.

Foi ao segundo dia e foi a mulher do líder quem disse, precisamos dos cuidados básicos de higiene, vamos à farmácia buscar as escovas dos dentes e algum dentífrico, as pessoas podem-se ir lavando nas casas de banho, mas não há chuveiro, disse um dos homens gémeos, isso arranja-se, gritou alto o canalizador. E arranjou-se. Não só o chuveiro propriamente dito, mas a privacidade necessária à sua volta, a loja dos mármores passou a ser a loja dos duches.

Quando a seguir nos demos conta das roupas, foi outra vez a mulher do líder quem falou, teria passado outro dia, temos de trocar de roupa, de nada vale a higiene mais íntima sem roupas lavadas que nos tragam limpeza, mas eu não consigo dar conta de tudo menina, disse a mulher da lavandaria, é muita gente, e para tirar a roupa é preciso outra, disse logo um dos homens gémeos, mas isso resolve-se com facilidade, basta ir buscar uma peça à loja de roupa interior, outra à loja de roupas para adultos, para as crianças há roupa que chegue na loja de roupa para crianças. E assim foi. Aquelas que se iam sujando iam sendo colocadas na lavandaria, mas não havia como dar vazão a tanta gente e a tanta roupa suja, razão tinha a mulher da lavandaria que logo o afirmou, mais fácil por isso ir de vez em quando buscar uma nova camisola, as novas calças às outras lojas, esperar alguns dias até que aquela que era a nossa, a única que trazíamos no corpo, estivesse então lavada.

Na primeira noite não se desligou a luz do centro de todo. Depois alguém se lembrou que era preciso poupar luz, o gerador não vai durar para sempre, disseram, temos de poupar luz senão daqui a pouco nem para fazermos pão temos forno, e desligou-se quase tudo à noite. Mas o gerador não durou. E passaram-se poucas semanas até que a luz desaparecesse de vez.

E foi nesse primeiro dia de negrume que a tragédia aconteceu. Foi na loja dos telemóveis, onde um casal de namorados estava instalado. E ainda hoje, algumas semanas passadas, não sabemos quem o fez. A única coisa que sabemos foi que aconteceu antes do grito estridente da mulher da loja dos doces que, todos os dias, lá ia acordar os dois jovens. Ele era filho de uma grande amiga, pelos vistos, e ela sentia-se obrigada a acompanhá-los como se os tivesse adoptado, primeiro a ele, depois à namorada que veio apensa. E gritou tão alto que o centro todo acordou, tanto quem dormia ainda como quem estremunhava já levantado. Ai meu Deus, minhas Contas, que eles estão mortos, ouviu-se de seguida, era a mulher do líder quem primeiro se tinha aproximado, era ela quem tinha dito estas palavras, acalme-se mulher, tenha calma, sente-se no chão, amparando logo de seguida o grito da mulher da loja dos doces. E estavam. Ele deitado de barriga para baixo com golpes profundos desferidos por uma faca nas costas. Ela deitada de costas com um pano em volta do pescoço e as pernas abertas, ensanguentadas no meio.

Alguém tinha chegado pela noite escura e feito a tragédia acontecer. Primeiro terá matado o rapaz, enquanto colocava um travesseiro sobre a cabeça da rapariga para abafar os seus possíveis gritos. E depois ter-se-ia divertido com ela, violando-a durante a noite repetidas vezes de uma forma macabra e assustadora. Saía ainda o sangue num tenebroso fio desde o seu interior. A última vez teria sido pouco antes do nascer do sol.

Assim aconteceu e não se repetiu. E ainda hoje um violador está entre nós, envolto em segredo para nosso mistério e preocupação.

A noite é ainda o silêncio, sozinho e medroso nesta loja dos relógios. A mulher a quem tinha dito na saúde e na doença, até que a morte nos separe, tinha resolvido antecipar-se à morte certa e fugir sozinha. Nós que tínhamos vindo fugidos da desgraça, eu que pensava que sempre sobreviveríamos juntos à desgraça. Mas não. Ela escolheu-se a si em detrimento de nós. A desgraça na nossa antiga terra era agora só minha. Pergunto-me o que lhe terá acontecido. Sei que entrou munida de uma botija no barco, que o puseram em marcha para alto mar desde o porto. Mas as botijas tinham uma quantidade limitada de ar, não teria passado muito tempo até que o ar terminasse na sua e em cada uma delas e, como que envolta em água no convés sob o céu, se tivesse afogado ou salvo sem o bocal colocado. Que seria dela, minha mulher, minha mais que tudo, a quem tinha insultado tantas vezes desde a sua deserção, estaria ela como uma conta, ao sabor das ondas entre a proa e a popa do barco rolando, ou a respirar o ar limpo do alto mar, como previam os desertores do centro, pergunto-me repetidas vezes.

O homem da livraria não cede livros a ninguém que não lhe pague e o meu dinheiro acabou. De que vale ele aqui, pergunto também. Ter dinheiro num centro em que nada se vende, tirando esse triste que podia ser o mais querido de todos, assim permitisse à sua livraria ser biblioteca antes de ser negócio. Fecha-se com as suas letras o dia inteiro, fez dela uma casa, as paredes são de vidro e, mesmo tapadas por papel de embrulho como as tapou, há sempre uma frincha por onde se pode espreitar. Foi à loja dos colchões, comprou um. A simpática senhora ainda lhe disse, ó homem eu não preciso do dinheiro, leve lá o que quiser que eu depois vou lá buscar um livro para ler, mas ele, não senhora, se me permite eu pago e a senhora querendo paga-me também, isto não é uma selva, é a civilização, ainda, você é quem sabe, olhando para a mulher alta que permanentemente chorava e com a mulher da loja dos colchões se tinha deixado ficar com uma expressão de sobrancería, irei então lá depois comprar uns livros para ler, pode vir, para vender tenho eu muitos, para dar nenhum, e lá foi com o seu novo colchão. Fez o mesmo em relação a umas cortinas, ainda hoje o faz em relação à comida, em relação ao uso do chuveiro, que considera um serviço. Paga-os com dinheiro como se o dinheiro valesse alguma coisa neste centro. Vale. Se mais não for porque permite o acesso aos livros, nenhuma outra coisa o faz possível, o meu acabou e eu só vejo uma maneira de poder passar o tempo, trocar alguns relógios que ainda valem menos pelos livros que a mulher simpática dos colchões já comprou vezes sem conta. Minto. Simpática como é, oferecer-mos-á. E eu continuarei a minha vigília de insónia pelas noites de medo e negrume, o silêncio é enorme, não sei que faça para existir um pouco mais que seja, agora só, agora esperando que a comida finalmente acabe e possa morrer de fome ou fugir para a conta que ainda hei-de ser.

A MULHER MUDA

Encontraram-me em trajes que ainda hoje me envergonham, mas foi aquele homem bonito quem primeiro me viu, estava eu no provador de roupa. Ele apareceu e eu assustei-me, como não, se sou muda e surda e não tenho como saber quem vem pelo som, se não tenho como ouvir os passos certos do mundo à minha volta.

Ele chegou e tocou-me no ombro, foi há dois meses, e tanto já aconteceu desde esse dia. Eu virei-me, vi-o, assustada primeiro, apaziguada depois. Zangada pela observação desse homem à minha intimidade, que um provador de roupa é uma coisa onde só cabe uma vontade.

Ele entendeu finalmente a minha maleita. Desde sempre a tenho, nunca soube viver com som, nem com aquele que me pode chegar, nem com aquele que poderia eu fazer, afinal como posso eu medir a intensidade da minha voz se não a ouço, como posso perceber o que digo se não o transmito para o meu próprio entendimento. Chegou-se então o moço com ele, falemos com a mulher com um papel e um lápis, intuí, e falámos.

Explicou-me o sucedido e eu não quis acreditar. Como, contas, desaparecer, homem do dom, não entendia. Sim, há um homem com um dom que é o único que nos pode valer pela sua possibilidade de sair e entrar no mundo, como se o centro comercial fosse uma coisa, neste momento, à parte do resto. E é. Vivemos aqui há dois meses fechados, deram-se motins, assassinou-se gente, deram-se revoltas, começa a escassear a comida, houve pessoas que morreram devido aos homens e não aos deuses que impuseram este sacrifício.

Eu estava sozinha no centro, metida comigo como sempre, o silêncio é uma coisa apaziguadora, quase serena, que possibilita a calma e uma visão única do rebuliço ininteligível à minha volta. Mas percebi rapidamente que assim sozinha boa coisa não ia ser de mim, aquele homem que chegou ao provador, tão simpático e querido, porque não eu e ele como o par a ser, alguém que me pudesse proteger nesta nova comunidade. E foi. Primeiro com aquele encanto, aquele cuidado sobre as coisas, os papéis e as canetas a explicarem tudo, com tanta paciência. Depois como dois ladrões quando fomos à papelaria deixada à sorte pelo desaparecimento transformado em conta do homem da papelaria, algures, buscar mais canetas e mais papéis para nosso melhor entendimento. E depois ainda quando decidimos aí ficar alojados, junto à loja do desporto e da caça onde o homem forte e líder tinha montado o seu quartel-general.

Sentíamo-nos os dois acompanhados e protegidos. Eu por ele, ele pela vizinhança. E ajudávamos quem precisasse, muito um ao outro, assim se notava essa necessidade.

Primeiro um sorriso, sempre um sorriso. Depois uma frase envergonhada escrita num caderno pautado onde conversávamos. E, a seu tempo, um beijo, um toque suave dos lábios uns sobre os outros, as mãos a tocarem os cabelos com a carícia do acompanhamento.

Estamos assim há um mês. Entretanto, com a revolta, saímos da papelaria com cadernos que pareciam chegar para uma eternidade e fomos para a loja dos doces onde os proscritos foram encarcerados. As coisas estão ainda mais difíceis agora. Mas o amor tudo consegue, tudo ultrapassa. E estou tão feliz por ter encontrado no meio da desgraça dos outros a minha maior felicidade.

Penso nisso, será que a desgraça dos outros impôs a minha felicidade, será que foi condição necessária e suficiente para ela, será que sem desgraça eu continuaria desatenta do amor pela falta que este homem tão bonito me fazia. Não sei. Saber que morreu gente inocente, com revoltas, assassinatos e motins entretanto, que desapareceu em conta gente sem fim, e saber que eu estou aqui tão feliz inebria-me os pensamentos. Falei-lhe disso mesmo, já viste, (...), que se nada disto tivesse acontecido, se tu não tivesses ido à procura de sobreviventes, como eu, por ignorância sobreviveste ao som e aos gritos, já viste, (...), que não nos tínhamos conhecido, e ele, escrevendo no papel, não digas isso, a vida é feita de coisas que acontecem e outras por cima delas a acontecerem também, de nada nos vale pensar em caminhos outros na encruzilhada quando não temos possibilidade de escolha, quando a encruzilhada, no fundo, não aconteceu, tão sábio, sempre.

Abraçou-me, beijei-o, e anuiu com o olhar a sageza do homem que me encontrou quase despida escolhendo a roupa mais bonita para um possível encontro futuro com o amor.

Estamos agora na loja dos doces. A mulher da loja dos doces deu-nos guarida depois da revolta, venham para cá, ficaremos aqui a salvo, eu fecho as grades, tenho alguma comida que o homem do talho trouxe há já muito tempo, alguma comida que poderemos ir preparando nesta lareira improvisada, e fomos. Eu, o meu amor, o rapaz e o amor dele, filha do homem que ajudava o líder, o pai da miúda, o homem muito magro, o homem velho e agora incapacitado, a viúva. Fomos e cá estamos, esperando que a vida passe, mude ou não mude, exista o ar que nos dê respiração sem nos transformarmos em conta, tudo continue sempre assim para que nunca exista outra para além de mim e dele. Perguntei-lhe uma vez se existia e ele calou-se. Escreveu, as contas não são gente, e se eles se voltarem a transformar em gente, bem sabes que as pessoas falam disso cá dentro do centro, depois se verá, não vale a pena falarmos agora, neste momento, com a esperança disto ou daquilo, as contas não são gente, quem era para mim gente desapareceu, e os pontos de exclamação seguiram-se com um gesto brusco pousando a caneta, levantando-se, deixando-me.

Soube assim que não vale a pena perguntar nada do passado quando uma coisa como a que aconteceu há dois meses já o modificou todo. O passado é algo de tão distante como a minha infância, deitada na relva a olhar as estrelas e a imaginar o silêncio que será para toda a gente a lua, e se toda a gente vivesse na lua, e se toda a gente não pudesse emitir qualquer som, e se toda a gente não pudesse ouvir porque não havia atmosfera para se propagar, e se toda a gente fosse como eu e eu não fosse a estranha, a única na escola, aquela com que os outros gozam e brincam e batem palmas atrás das costas para não verem reacção, e assustam sem me assustarem para rirem depois. Os meus pais disseram vais para a escola como os outros, adaptar-te-ás a ela e ela a ti, e eu aceitei a ordem, como podia não aceitar, se me mandavam para onde queriam porque em mim mandavam como queriam. E fui. E era na relva que imaginava a diferença, eu igual aos outros sem diferença alguma.

Nunca mais lhe perguntei o que quer que fosse sobre o passado. Se tinha filhos, se era casado, que fazia aqui no centro naquele meio-dia de segunda-feira, desde há dois meses. Com aquilo tinha começado uma nova vida para mim, uma nova vida para ele. E tudo era tão diferente do antes que só o futuro poderia interessar.

Tenho medo de morrer de fome, a comida está a acabar. Tenho medo de ter sido feliz na desgraça de tantos outros só durante dois meses, de agora agonizar até um fim tão doloroso, porque felicidade como esta paga-se sempre a Deus, ou às Santas Contas, àquele em que não acreditei nunca, àquelas em que agora tanto acredito, aos Deuses das Contas em que todos, ou quase todos, acreditamos neste centro comercial. Tenho medo de que o amor que descobri desapareça para a morte e não me leve logo, que o veja expirar e ainda cá fique um minuto a mais que seja. Morrerei de amor na minha próxima inspiração, prometo-me.

E tenho medo, muito medo, de que o passado volte e nos salvemos. Eu não tenho nada nem ninguém para quem voltar que não seja este homem lindo que me tocou no ombro no provador. Se ele tiver alguém que reapareça não sei o que será de mim. Não me podendo transformar em conta, acabarei comigo se estar com ele tiver um fim depois da bênção que dizem ser voltar ao mundo, da bênção que todos pediam quando antes nos reuníamos em celebração. Agora não, que a revolta aconteceu e só nos falta esperar.

O HOMEM DA LOJA DOS ELECTRODOMÉSTICOS

Quem pensavam eles que eram, impor aos outros a sua vontade mesmo que pareça que essa vontade também é a dos outros. Quem pensam eles que são ainda, agora que se acantonaram na loja dos doces, sob guarida daquela mulher alta, de nariz empinado, muito senhora de si, quem lhe cortasse as pernas para aprender, isso é que era bem feito.

Eles pensavam decerto que a vida ia ser sempre assim, que depois de acontecer o que aconteceu e nada podermos nós fazer acerca disso, que depois disso nós iríamos ficar aqui, parados, vendo acontecer o futuro e nada, não nos mexermos, concordarmos como aqueles carneiros arrebanhados sob o jugo do homem forte, mé, mé, mé, não, isso nunca, penso por mim e quem está comigo também.

A primeira coisa estranha foi mesmo aquilo da celebração das contas, da passagem dos doze anos à idade dita mais adulta, um colar de gente ao pescoço a partir dessa altura, e o resto das pessoas do centro com um colar ao pescoço desde sempre, é gente, isto não é normal que se passe assim, não podia permitir, nunca teria eu uma coisa dessas ao pescoço.

A celebração é uma coisa de fracos, não devemos acreditar em nada que nos ultrapasse, maior exemplo disso as pessoas que se transformavam em contas, valeu de alguma coisa acreditar num Deus que fosse, então para quê fazer das contas outros deuses, da comunidade um novo rito, para quê impor aos fracos essa visão, esperar que mais tarde ou mais cedo se transformem de novo em carne quando nada deveremos esperar senão aquilo que sentimos e presenciamos como nosso. Era patético ver o padre a celebrar aqueles ritos, aquelas contas, aquelas mentiras. Patético e triste.

E depois aquela coisa do homem que dizem ter um dom, o homem forte a dizer, ele deve ir, nós devemos confiar nele, precisamos de comida e ele é o único que nos pode valer, eu voto a favor da sua ida, e os carneiros, mé, mé, sim, sim, vá, traga-nos de comer, nós estamos a começar a morrer à fome, isto assim não pode ser mais, por favor, por favor, fracos, mé, mé. Eu ainda levantei a voz em oposição, eu não confio nesse homem e não acredito no seu dom, mesmo que o tenha é certamente dom do Diabo e não de Deus, mesmo que o tenha é melhor não querermos nada com ele, eu voto para que fique preso numa das lojas, já se viu que a sua saída mata gente, ou transforma-a em conta que, visto de uma maneira certa, é o mesmo.

Mas nada, ele vai, sim, comer, mé, mé, e o homem ainda uma terceira vez. Demorou dez dias e trouxe alguns mantimentos, é certo, algum leite da mercearia do centro da cidade, algumas massas, alguma carne do talho da esquina da rua do mar com a rua do rio, alguma comida. Mas demorou dez dias porquê, foram nove as pessoas a desaparecer em conta entretanto, um dos gémeos, as suas duas mais que tudo, dele e do seu irmão, e mais este e mais aquele, e mais este e mais aquele e aqueloutro. Porque demorou ele tanto tempo não sei, mas demorou e mais gente desapareceu para sempre. Ou se não para sempre, até ao dia em que mude, isso não acredito eu que aconteça.

Ele foi e veio e trouxe mais contas ainda nas gamelas juntamente com a comida. Tinham potes cheios delas, guardados na sede do poder do homem que diziam forte pela estatura, desse fraco que inebriava os outros e os tratava como cordeiros ou carneiros, mé, mé. E eu disse, nunca mais, isso assim não pode ser, esse homem que dizem com um dom, não pode desaparecer assim durante dez dias e transformar em conta gente inocente que se tinha salvo do mundo em mudança, assim não, repeti. De que nos vale a comida se somos cada vez menos porque esse homem se ausenta dias a fio quando podia ir buscar a comida num ápice. Eu chegueime a ele, olhei-o forte nos olhos e disse-lhe, explica-me tu, homem do dom, porque demoraste tanto, explica-me tu, anda, com o dedo bem apontado à sua cara e ele nada. Não explicou, não disse nada, remeteu-se como sempre ao silêncio ou às frases enigmáticas, quase epigramáticas que de vez em quando lá dizia.

E aí o homem que se dizia forte, coitado, chegou-se a mim, você deixe-o em paz, este homem tem um dom e nós temos de o tratar da mesma maneira que ele nos trata a nós, e ele tem-nos ajudado e não é pouco, ao que não respondi, virando-lhe as costas sereno e pronto para a vingança.

Reuni nessa noite as sete pessoas que ainda estavam comigo nesta loja. Eu, as duas raparigas da loja dos peluches, o rapaz da loja dos gelados, a sua namorada que lá trabalhava com ele, o meu amigo (...) que comigo tinha vindo em visita ao centro para comprar uma televisão nova na loja onde acabámos por ficar, e os dois homens fortes e calados que a nós se tinham chegado quando decidimos afrontar pela primeira vez esta liderança, na altura da celebração das contas. E disse, vamos fodê-los hoje, é hoje e não passa de hoje. Reunamos algumas armas, objectos cortantes e leves de carregar, algumas facas, umas tesouras, alicates dos grandes, qualquer coisa, e ataquemos o quartel dos homens que julgam mandar neste centro, isto assim não pode ser, estou cheio.

Eles anuíram. Sim, vamos, é agora ou nunca, estou cheio desse homem que se diz forte com contas ao pescoço e no pulso, desse homem do dom que é sinal do Diabo de certeza, das meninas que com ele vivem em privilégio, desta paz podre que afecta este centro, sim vamos, disseram todos. E fomos.

Atacámos rapidamente no meio da noite e da escuridão, os gritos foram altos, as pessoas não se misturaram na nossa luta. Isto era entre nós e aquele grupo de gente que se achava dono do centro. Só o homem magro que estava na praça da alimentação tentou chegar-se a nós, mas nós tratámos-lhe da saúde rapidamente. Ficou com marcas para a vida, e teve sorte se não a perdeu.

Atacámos com força e vencemos. Eles não esperavam que alguém se revoltasse, é sempre assim com o poder mais vil, têm sempre a mania que são superiores a tudo e a todos, que as pessoas estão todas contentes com a liderança. Eu caminhei à frente, atrás de mim os outros sete. Entrámos na loja do desporto e da caça, ainda se dispararam alguns tiros. Um dos homens fortes e calados e uma das raparigas da loja dos peluches lutaram como leões mas infelizmente sucumbiram. Mas o homem velho não se levantará nunca mais. E o homem que se dizia líder foi morto.

Fui eu quem o matei, ele dormia. Quando acordou sobressaltado com os gritos já eu estava a chegar-me perto do seu corpo e a espetar a faca no peito, a rodá-la duas vezes para a enterrar mais fundo, a sua boca aberta de espanto ainda hoje me provoca um sorriso. A mulher dele chorou, assim se fazem assaltos a cidadelas mal guardadas, assim se manda em feudos mal liderados.

No dia seguinte reunimos na praça da alimentação, toda a gente tira as contas do pescoço e as coloca aqui neste pote. Já, ordenei. E eles tiraram. O homem que se dizia forte e líder foi levado para fora do centro e deixado à sorte do vento frio que vem do mar. O homem magro e o homem velho amparados pelas mulheres, pelo rapazito e pelo pai da miúda refugiaram-se na loja dos doces. E eu mandei, ninguém celebra mais coisa nenhuma com as contas, a partir de agora ninguém acredita em nada disso neste centro. E esse homem que diz ter um dom vem já para aqui, e ele veio. Será preso numa das lojas para não poder sair mais deste centro, eu não confio nele, ninguém neste centro deve confiar, este homem tem um dom, como dizem, mas deve ter feito um acordo com o Diabo, só pode, a partir de agora será o rapaz da loja dos gelados e a sua rapariga a racionarem a comida da maneira que eu disser, sempre, só assim será possível este centro sobreviver mais algum tempo, termos comida para mais alguns dias, até lá não pensemos mais nisso, não vale a pena conjecturar o futuro quando não se vive o presente.

As pessoas aceitaram, elas aceitam sempre. Apenas tinham um novo pastor, os carneiros eram os mesmos, mé, mé. Eu mandava finalmente no centro. E o homem do dom estava finalmente sob o controlo de quem importava.

3

A MULHER DA LOJA DOS DOCES

Ele chegou uns dois dias depois da revolta, ainda mal estávamos recompostos de tudo o que tinha acontecido, da morte do presidente, da viuvez da viúva, da guarida que eu ia dando ao grupo todo, o homem mais velho amparado pelo casal da muda, o pai da moça, a moça, o rapazito tão enamorado, o homem muito magro e o canalizador que se tinha juntado a nós, solidário pela perda de poder na revolta. Eu dei-lhes guarida na loja onde fazia os doces, disse-lhes venham, fiquem aqui, isto ainda há-de mudar outra vez, ele vai ter de deixar o homem do dom ser o espírito livre que é, olhar por nós nas suas ausências, mesmo que para isso alguém se transforme diariamente em conta, mas venham, nós ficamos bem aqui entretanto, é certo que estamos como que proscritos, mas acreditem que esse ditador vai ter toda a gente contra ele, acreditem.

Dito isto no dia da revolta, ele chegou passados dias. Ficámos aqui presos e ficámos para sempre. Ou pelo menos pelo sempre que é de agora, o homem da loja dos electrodomésticos chegou, fechou a minha loja para que não pudéssemos sair, gritou ficam aqui fechados até que se vos acabem os alimentos, eu não quero saber de vós para nada, vocês têm sorte em não vos acontecer como em qualquer revolução que se preze e morrerem já fuzilados, para o exílio também não vos mando que isso é virarem aquilo a que pedem ajuda, ficam aqui e é para sempre.

O que me faz mais falta é a oração com o padre em frente à loja de caça e pesca, em adoração às contas que são Deus, uno e só com elas. Éramos muitos sentados no corredor do centro, todos os dias. Como numa missa, numa reza final e definitiva.

Tínhamos, logo que presos, ainda alguma água nas torneiras, mas a comida não duraria para muito. E não durou. Estamos magros. Quase inexistentes. Passaram desde essa altura mais de dois meses e vamos comendo o que temos aqui na despensa, tão pouca coisa é, vamos racionando a fome por entre todos, vamos vivendo à medida daquilo que nos foi imposto. Passaram mais de dois meses e nós aqui desde a revolução e nós aqui quase desaparecidos pela fome, quase devorados pelas nossas próprias entranhas.

A nossa vida quotidiana era a mesma da dos prisioneiros nas celas mais solitárias, aqueles que se vêem esquecidos num buraco sem ninguém que se importe ou lhes queira o quer que seja. Mas, diferentes desses solitários que a seu tempo são resgatados nem que para uma prisão mais social, nós fomos abandonados à indiferença das gentes do centro, solitários para sempre.

De nada me valeu a piedade, eu que acredito no Deus que são as Contas, Deus são as Contas, as Contas são Deus, de nada me valeu porque decerto ainda nos mandei a todos para a morte certa trazendo-nos para aqui. Como ao homem mais velho, que nunca melhorou da maleita que a revolução lhe trouxe. Deitado no colchão, ele para sempre acamado, sem possibilidade de se levantar tal a força com que lhe tinham espetado o arpão nas costas. Se a sua dor era interior mais do que tudo, a verdade é que a pequena ferida foi ganhando vida, como se se tratasse de um animal em crescimento, e foi alastrando pelas costas, primeiro um pequeno buraco, depois uma flor que se via do mal, pétalas e pétalas de carne viva e morta, em sangue e gangrena em volta do ponto inicial.

E nós nada podíamos fazer senão tratar dessa escara como se trata de uma pequena criança, lavá-la para que não alastre, acariciá-la para que não se revolte. E tratámos.

Mas de nada valeu. Há uma semana, o monstro em flor, pétala e pétala de sofrimento, alastrou-se pelo sangue ao corpo e o homem velho morreu. Chorámos todos pela ausência, mais ainda por nós mesmos, a comida não haveria de durar para sempre, que haveríamos nós de fazer.

O seu corpo foi colocado dentro do enorme forno onde cozíamos os doces e os pães. Fechou-se bem fechado, à sua volta colocou-se fita-cola para que o cheiro a podridão não saísse para a nossa cela, mas de nada valeu. Passou entretanto uma semana e o cheiro é uma coisa que nos mata mais do que a fome. O canalizador já gritou bem alto para fora mas ninguém nos acudiu. Estamos em solitária eterna, pelos vistos, até que a morte chegue e nos acuda.

A viúva está morta de espírito desde que o presidente foi morto. Sente-se nela uma tristeza tão funda que não há palavra alguma que lhe valha. Eu bem tento, ó menina, não fique assim, vai ver que tudo há-de passar, passar como, perguntou-me ela uma vez que levantou os olhos resignados, passar como, ele morreu, nem sequer conta foi, a esperança morreu com ele também, e eu, e nós, vamos morrer também não há-de demorar muito, morrer em definitivo, sem conta no intermédio, sem uma única esperança a ser.

Eu ainda tenho alguma esperança. O canalizador tem mexido repetidamente na porta trancada por fora, eu acredito que ele mais tarde ou mais cedo vá conseguir libertar-nos do jugo da solidão. Como acredito em ser Conta ou morte com Nosso Senhor. Para uma crente como eu, a esperança é como um sorriso que nos dá vida. Tenho muita fé. E sinto que ainda há mais gente com esperança. O pai da moça, que tenta ser o líder que agora nos falta, o amor do casal da muda, uma esperança que só o amor sabe representar, a paixão inflamada dos namorados que se tornaram a moça e o rapazito. Todos temos ainda esperança. Só o homem velho, morto no forno, ou a viúva, morta no espírito, é que parecem desistentes da vida. Temos esperança de que, se não mais, poderemos sair daqui e ultrapassar as lojas do centro de encontro ao ar, ultrapassar as portas do rés-do-chão e sair, respirar, ser transformado, ser conta para que a morte não chegue pela fome e seja estabelecida uma possibilidade pelo menos de mudança.

Ainda hoje o canalizador conseguiu mais uma pequena vitória. A porta abrir-se-á dentro em breve. E nós poderemos respirar o ar pestilento do centro, sempre muito menos pestilento do que este, infectado pela morte e por esta falta de esperança da viúva, este ar onde nos encontramos.

O PA**D**RE

Eu caminho por entre as lojas em reza. Desde sempre, ou desde que tudo começou, o que parece o mesmo. Caminho de olhar baixo, as Contas estão dentro da loja de desporto, caça e pesca onde os homens da loja dos electrodomésticos reinam senhores de tudo e de todos, do nosso passado, do nosso presente e do nosso futuro que ainda há-de vir. Passo e caminho silencioso aguardando as vozes que as Contas têm e que me dizem espera por Nós que regressaremos, espera por Nós que seremos gente outra vez, espera por Nós que a vida é um teste e nós o veículo.

Eu olho a loja de desporto, caça e pesca como se visse um templo que se enobrece a cada olhar, um altar magnífico onde se situam as Contas que amo e venero e temo e respeito e tanto quero. Passo silencioso, o homem ditador diz, que quer senhor padre, que quer, nunca viu uma sede de governo como esta, nunca viu, que quer você daqui, vá para a capelinha que há junto ao centro, vá enquanto pode que eu ainda não a fechei porque sou um bom presidente, que quer, vá que a capelinha eu ainda deixo, mas eu não vou, nunca irei, porque a minha capela, o meu templo e catedral é essa sede onde vocês guardam em silêncio as Contas que adoro, repito e repito e repito para mim.

Passo e passo e passo como um crente eterno na bênção que as Contas nos dão, pergunto muitas vezes, mas porque nos tirou as Contas, senhor presidente, pergunto muitas vezes e para mim, houve um dia há semanas que o fiz mesmo com voz e fala e ele as vossas contas são gente e não merecem ser adoradas como um deus, as vossas contas não são Deus e nem que fossem mereciam ser adoradas porque Deus não existe, sempre foi uma invenção do homem, porque estas contas podem ser uma invenção do Deus que não existe ou da natureza ou das nuvens baixas que naquele dia traziam o ar frio do mar desde oeste, subindo a avenida até ao centro e matando de ar quem respirava, criando contas como nuvens são criadas no Inverno, essas contas são gente e a gente é para ser respeitada, padre, ai de si se se põe com essas coisas, você não me deixe ensandecer com as suas impertinências que eu perco a cabeça e ensandeço e meto-o junto com aqueles que mandavam e estão onde devem, presos onde devem naquela loja dos doces deitados à morte.

Eles estão certamente já mortos, calei-me. O ditador não deixa que ninguém se aproxime da loja dos doces, ai de quem o fizer, ninguém o faz. O ditador impõe a vontade a uma maioria cada vez menor, ele prendeu o nosso Homem do Dom que nos trouxe as primeiras Contas que tanto amamos, e nós ficámos sem aquele que nos guiava com o olhar, sem aquele que nos dizia epigramas que tentávamos descortinar, ele prendeu-o primeiro, não sai, não sai, não sai, o homem que dizem ter um dom fica preso, que ele foge e traz pouca comida e nós somos tocados pelo ar que veio com as nuvens mesmo dentro do centro e a peste entra e nós desaparecemos em conta, não sai, não sai, não sai, mas só no começo, depois a comida escasseou como nunca e ele disse vai, vai e vai, mas deu-lhe um sermão de todo o tamanho, vai mas volta depressa, você não nos deixe que eu não sei o que lhe faço quando voltar, você não nos faça virar essas contas que detesto por causa da sua ausência, você vá mas volte, vá mas não se demore.

Ele demorou dez dias. E nove pessoas desapareceram em conta. De entre elas o outro gémeo, juntou-se ao irmão, a senhora da loja dos cobertores e o homem preto, mas ninguém do grupo do ditador. E quando chegou com mantimentos para mais algum tempo, já nós éramos apenas vinte e nove aqui e outros nove deixados à morte na loja dos doces, o ditador disse, você teve sorte porque desta vez quem desapareceu em conta não fazia falta, ai de si se desaparecesse alguém que fizesse falta, você ia ter de haver-se comigo, ia, ia.

Ele prendeu-o primeiro, mas depois soltou-o. E ele acabou por sair ainda mais uma vez. E uma bênção voltou a soprar sobre a Sua face santa porque novamente ninguém desapareceu do grupo do ditador, outros nove que nem eu sei bem quais, a mulher da lavandaria entre eles e aquele homem mau que era dono da loja dos livros. Perdoe-me Senhor, minha Conta, mas quando o vi junto à porta fechada da livraria feito conta final, decerto definitiva, sorri. Somos portanto dezanove apenas, já também sem o homem do talho, esse que é agora amado em Conta por mim por cada passagem em frente à loja de desporto, caça e pesca.

Eu passo. Eu rezo. Eu quero acreditar tanto que tudo virá para nos salvar e que o que virá para nos salvar há-de ser uma Conta definitiva e santa, trazida pela mão santa do Homem do Dom, encaminhada pelo centro em ascensão como se de um grande andor se tratasse na maior procissão de que alguém algum dia teve ou terá memória.

O Homem do Dom é o meu Deus. As Contas são outro Deus com ele. São muitas e extraordinárias na sua concepção sagrada. O Homem do Dom há-de vir como o outro em sua memória veio, para julgar os vivos e os mortos, e o Seu Reino viverá para sempre. Eu não quero saber de capelas para nada, de nada vale um corpo numa cruz e umas chagas antigas em que sempre me fizeram acreditar, uns santos presos em andores decrépitos, virgens que têm filhos, pais que são carpinteiros, de nada valem evangelhos sem verdade, a mentira toda de dias e dias que certamente não aconteceram. Eu não quero a capela e abomino altares que eram sagrados. Quero e sou a Conta final e definitiva, quero e sou o meu Homem do Dom que está preso entre visitas ao mundo que é o seu na loja das roupas ao lado da dos livros. Quero e sou uno com ele na sua magnificência. Ele e as Contas, um percurso só numa reza entre as lojas, eu rezo, eu rezo, eu rezo, eu rezo, Homem do Dom, Homem do Dom, Homem do Dom e Vós minhas Contas, minhas lindas e maravilhosas Contas.

O RAPAZ DA LOJA DOS GELADOS

Somos poucos, pois somos. Mas ganhámos. Somos os fortes de entre os poucos, raios partam que agora já não sou um reles empregadote de uma loja de gelados num centro comercial, ganhei importância numa equipa que tomou o poder aos que se achavam escolhidos e escolhiam quem não interessava, esse homem com um dom qualquer e as suas contas na mão que são gente e merecem mais respeito que veneração, agora, agora dizia, agora que sou quase dono com o chefe do centro todo e inteiro, agora é que somos poucos.

Tivemos a seu tempo de deixar sair outra vez o tal homem de que dizem ter um dom, claro está, que a comida estava a escassear e mais valia morrerem em conta e desaparição alguns do que morrermos todos e a sério. E ele foi, o meu chefe você vá mas volte, e eu atrás a olhá-lo de cima, a dizer aos que comigo mandam nesta verdade que aconteceu, abram lá a porta que o chefe mandou, ele tinha dito com a mão em riste, abram lá a porta e eu só repeti aos outros que connosco trabalham aqui em mandamento, abram lá então a porta da loja, o homem que dizem ter o dom vai então buscar comida para nós, assim diz o chefe e assim será, e eles abriram, e ele foi, e ele voltou mas demorou e mais gente desaparecida para dentro, raios o partam que cada vez mais gente a desaparecer, como vou eu mandar quando o chefe a seu tempo se reformar se não tenho gente que valha para tal, pergunto-me muitas vezes.

Voltou com comida para mais algum tempo e ficou. O chefe aceitou a sua ausência pela inexistência de vítimas entre os nossos, queria lá ele saber se os dois filhos crianças do casal de lavradores que visitavam o centro como que em excursão se tivessem dissipado em conta, que ao quarto dia tenha sido a mulher lavradora a desaparecer e ao sétimo o próprio lavrador e assim toda a família sem rasto algum, o chefe dizia sempre, as pequenas coisas não interessam, só a big picture meu caro delfim, e eu é que era o delfim dele e perguntava mas as pessoas, chefe, são pequenas coisas, rapaz, grandes somos nós, não esses lavradores que vêm como burros olhar um palácio visitar o centro comercial e ver o mar, isso é de outro tempo, chefe, era uma família, não me interrompas e não digas mentiras, eram gente sem nada que nos valesse, antes eles que nós, pensa sempre assim, antes eles que nós, essa é que é a grande diferença entre as pequenas e as grandes coisas, entre ninharias e substância, entre vistas curtas e a big picture, e eu a aprender, e eu a aprender.

O chefe foi a melhor coisa que me aconteceu. Eu trabalhava na loja dos gelados e estava com a minha namorada quando as coisas se começaram a passar. A seu tempo, logo vimos esses que depois se apoderaram das decisões a festejar contas e gentes sem qualquer sentido das coisas, e eu disse, (…), temos de estar com quem fala a nossa linguagem, e este homem que está na loja dos electrodomésticos já demonstrou ser como deve, já disse, contas ao pescoço não, e eu, (...), concordo com ele, vamos deixar esta pequena loja onde impera o frio dos gelados e vamos ter com ele e com os seus, afinal as luzes falharam e os gelados de nada valem sem algo que os arrefeça. E fomos. Ele deu-nos guarida, ia falando comigo, com ela, com quem o queria ouvir e aceitar a verdade. E ouvimos. E com ele nos apoderámos num belo plano do poder desta loja de caça onde agora me encontro. E com ele sobrevivemos.

Não assim com o líder triste que nos guiava, matou-o como devia. Não assim aos proscritos na loja dos doces que já lá apodrecem certamente. Não assim tantos que em conta desapareceram por inépcia, desistência ou destino, a verdade é que ainda cá estamos e o chefe é o chefe porque nos guia e dá essa possibilidade.

O homem que dizem ter um dom há-de sair outra vez, claro. Saiu já duas vezes e os efeitos, se desagradáveis pela falta de gente e mais gente para ser guiada, não implicaram ainda nada no grupo que guia. Há-de sair porque a comida vai terminar dentro em breve novamente, é necessário repor as fomes neste centro, nós guiamos as gentes que nos aceitam porque somos bem melhores que os outros que dantes queriam compartilhar decisões. As pessoas não querem quem lhes dê responsabilidades que não pediram, querem quem decida e execute em seu nome. E nós assim o fazemos, para elas, por elas e por nós que somos também parte de tudo isto.

O homem que dizem ter um dom há-de sair certamente e certamente ausentar-se por tempo demais, como sempre. E aí mais dez pessoas desta vintena e poucas que ainda existem serão conta e conta e conta. E aí seremos nós os únicos sobreviventes, raios que o partam por demorar-se tanto que assim não teremos ninguém a quem guiar. Ter-nos-emos a nós mesmos. Seremos poucos, é certo, mas os justos para aguentar algumas semanas mais a comida que o homem do dom trará. Porque é certo que o chefe ainda nada lhe disse, mas essa será a última vez que sairá. Não se colocará em risco a nossa transformação devido à sua prolongada ausência. Antes a morte do que a conta, assim me ensinou o chefe que tanto admiro.

A Mulher alta que chorava

Filha,

estou salva entretanto, é certo, mas sem ti não há salvamento que valha. Porque desapareceste tu em conta logo na primeira ausência do nosso Homem do Dom, não deveria eu esconjurá-lo pela falta, nunca nos disse porque demorava e a sua demora custou-te a respiração.

Filha,

que havemos nós de fazer aqui, estás entre as minhas mãos guardada e para sempre neste bolso, eu não disse a ninguém, nem aos líderes antigos que proscritos se desfazem em morte na loja dos doces, nem aos ditadores que acabaram com as rezas que começaste quando, naquele dia triste e belo, naquele dia em que, como em todos os dias, chorava o desaparecimento do teu pai pelo seu atraso no nosso encontro neste centro, quando naquele dia triste e belo me disseste ata, mãe, fico com um colar lindo, e eu atei e eu falei disso na praça da alimentação, ainda nós nos reuníamos lá como se de uma comunidade em preocupação se tratasse, e celebrámos o rito da colocação das Contas, o fascínio de termos algo em que acreditar e crer e amar.

Filha,

e agora que hei-de eu fazer quando te olho nesta palma da minha mão, estou sentada na loja dos colchões, somos tão poucos os salvos ainda, uma ou duas dezenas de gente perdida nas suas vidas, nem nas Contas nos deixam acreditar, faz-me tanta falta a nossa celebração, o padre sendo o nosso novo padre, veículo para o nosso novo Deus, para as nossas novas Contas, para o nosso novo Homem do Dom, que esconjuro entre dentes e a quem peço a salvação. Agora, sentada nesta loja, a senhora diz-me, não fique assim, vai ver que tudo passa e se resolve, tão simpática e querida mas eu perdi tudo e todos, não sei, filha, não sei o que hei-de eu fazer para sorrir um pouco mais que seja, penso Nele, nesse Homem do Dom que consegue sair e voltar, que pela ausência traz a peste cá para dentro, deve ser um Homem com um Dom imenso, de tão escolhido que foi pelas nuvens que vinham baixas naquele dia de almoço. Penso nele e digo que sim, que decerto as coisas acontecem com uma verdade necessária, que a seu tempo as entenderemos e poderá ser possível uma explicação, um porquê para tudo isto que agora é ar quase pestilento, o ar condicionado já parou há tanto tempo, vê tu filha, que só quando alguém sai, e já foram mais que um, mais que dois, mais que três, aqueles que desistiram e se transformaram por querença em conta, só quando saíam é que a verdade vinha e os utilizava como um pequeno berlinde, o universo todo a entrar nas suas entranhas, que eu vi.

Filha,

conseguimos por isso respirar, não morremos da nossa própria inspiração, e mais estranho se torna o porquê da nossa escolha, pergunto-me, porque estou eu aqui sentada nesta loja a ser acariciada no cabelo pela mulher da loja dos colchões, sempre tão solícita, porque foste tu a seu tempo mais uma conta, porque sou eu menos do que tu, mais do que tu, não sei a verdade, nem as escalas de importância, decerto mais, afinal somos tão poucos, eu, o padre, o grupo dos ditadores, os que decerto já morreram na loja dos doces, a mulher da loja que me acaricia o cabelo e mais uns pequenos grupos, espalhados em três ou quatro cantos deste centro, aquele homem barbudo entre eles, como uma assombração.

Filha,

esse homem barbudo também foi escolhido, que tenho eu com ele para também o ter sido, falo-te. Nada. E no entanto cá estou em desabafo a dizer-te que não sei, que a fome é funda, que as pessoas do grupo do ditador não repartem as coisas, mas que eles têm arpões, não há como conseguir mais sem a morte certa.

Vamos,

filha,

vamos para fora decidir o nosso destino conjunto, vamos e eu seguro-te com a mão bem fechada no momento da minha ida, do meu suicídio em Conta por forma a que, mesmo Conta como tu, a ligação se estabeleça e nunca se perca, vamos, vamos que é hora, chega de chorar, chega de esperança, o Homem do Dom já me ouviu o esconjuro, nada Dele para mim virá certamente porque para Ele já pequei, vamos e deixemos a mulher da loja dos colchões na sua boa vontade, de nada nos vale, nem a nós, será que vale a ela, nem a ela, vamos, minha querida filha.

Filha,

nem uma, nem duas, nem três vezes este pensamento me surge por dia. Mais e mais e mais. Mas não consigo, sabes porquê, minha querida filha, porque te perderia o tacto. Porque és uma Conta pequena pela pouca idade que tinhas em ti, mas porque perderia o único possível fio que me liga ainda à sanidade. De que me valia ser Conta contigo, Conta ao meu lado no adro que dá para a avenida se não mais te poderia falar e tocar e ter e amar, minha filha. Cada momento que passa deve ser uma esperança, quero pensar. Homem do Dom, perdoa-me o esconjuro mas sou só humana. Eu sei que vais porque tens de o fazer, que demoras o tempo que a Tua santidade obriga. Eu sou só uma mulher alta que chora e chora e chora, tão-só. Obrigada, Homem do Dom, por permitires a minha fala com esta criança que amo tanto.

Minha filha,

é noite, agora. É altura de descansar mais uma vez. O padre já parou a reza diária em frente à sede dos ditadores onde as Contas se encontram, e eu com ele, mas não digas a ninguém que ter um culto tão lindo e feliz como o nosso é motivo de morte neste centro. A mulher da loja dos colchões adormeceu com a mão no meu cabelo. E o homem barbudo de que falo voltou aos seus para com os seus tentar também entender o porquê das escolhas que parecem ter sido feitas.

Filha,

amanhã serão quatro os meses certos desde a primeira respiração em Conta. Amanhã será mais um dia. Amanhã voltarei a falar-te do coração.

O CANALIZA**D**OR

Consegui.

Finalmente, e eis que a liberdade poderá permitir mais do que a morte nesta loja dos doces. Virei-me para trás, senhora, senhora, era noite, falava baixo, senhora, senhora, consegui, poderemos sair, e ela disse, é noite, agora de nada nos vale, senhora, vou sair para tentar pelo menos algo que se possa comer, está tudo escuro, pode ser que consiga ultrapassar os ditadores e ter a ajuda do homem preto, não sei, talvez até da mulher da loja dos colchões, de um dos gémeos, quem sabe, vá, vá, homem, nós aguardaremos expectantes a sua chegada, o homem velho é um fedor só, pelo menos deixe a frincha aberta para entrar e sair mais algum ar, mas vá, nós esperamos, óptimo, homem, disse o pai da cachopa, vá, eu vou tentar pensar como sairemos daqui pela manhã, pensar numas armas, temos de vingar o acontecido há dois meses, vá, vá, vá.

E eu fui. Saí na escuridão mas vi com a luz da lua cheia. Saí e vi na loja de roupa cara um homem barbudo abraçado a uma senhora, na loja dos colchões uma mulher deitada acariciando uma outra como se se amassem, na sede tudo fechado, tudo pronto a ser vingado mais tarde ou mais cedo.

Entrei na loja dos colchões, sobressaltei-as como se pecassem, disse senhora, senhora, conseguimos sair, ai mas está tão magro, ainda mais do que nós, meu Deus, minhas Contas, que lhe fizeram aqueles ditadores, que lhe fizeram, eles não conseguiram, nós sobrevivemos, amanhã durante a noite atacaremos em força depois de retemperarmos forças, mas para isso precisamos de alguma comida, que nos pode dar, o homem mais velho já morreu, todos os outros estão ainda vivos é certo, mas eu, a mulher que nos abrigou, tão rija, o pai da cachopa, o rapaz que a ama, o homem muito magro e o homem da muda vamos atacar com força amanhã.

Ai minhas Contas queiram que tal aconteça, meu Homem do Dom o permita, onde está o Homem do Dom, está preso numa loja, ele não O deixa sair mais com medo que desapareça alguém do seu grupo, quem sabe, assim o quisesse o Deus que são as Contas, ele mesmo, mas ele vai ter de o fazer porque a comida não durará mais do que uns dias, não se preocupe senhora, antes nós atacaremos a sede e o Homem do Dom será outra vez livre, tentaremos compreender porque se ausenta com serenidade e diálogo, com a reverência que Ele merece, não se preocupe, agora que conseguimos a liberdade vai ver que tudo mudará, leve, leve esta comida, meu bom homem, leve que nós aguardaremos todos a libertação em silêncio.

E eu levei. O meu corpo pedia algo mais do que ar, parecia que havia meses que não comia mais do que ar. Quanto mais largo, e eu sou um homem alto, vivo e forte, mais se nota a fundura da fome.

Comemos então como nunca nesta loja dos doces. Todos como se da vida se tratasse em salvação, e tratava. Todos e todos mais um pouco e mais um pouco. Comemos e dormimos o dia todo que se passou entretanto, prontos para conseguirmos libertar as gentes e o Homem do Dom, e com ele todos nós.

Saímos da loja dos doces com a luz da lua na noite seguinte. Caminhámos silenciosos para a sede com algumas armas de artesão, umas facas de cozinha, uns ferros retirados do forno, alguns paus. E lá chegámos num grito só, prontos para darmos conta de tudo e de todos, era agora o momento da mais pura verdade, era agora a nossa hora, a da mais célebre libertação dos homens ao jugo de outros homens, a da libertação do Homem que tinha o dom e que não era gente, era santo. E gritámos. E entrámos. E eu, à frente, passei pelo meio dos colchões onde dormiriam os do ditador. E eu, à frente, mexi então no meio dos cobertores onde deveria dormir o ditador. E eu, primeiro que todos, espetei a faca nos cobertores, no colchão, querendo sentir carne e sangue e vísceras. Mas eu, espantado, só vi uma Conta que caía do colchão para o chão, rolando.

Assim o mesmo em cada um dos sítios onde deveria estar a gente que nos tinha deixado entregues à pior sorte na loja dos doces. Assim todos, uma Conta de cada vez a rolar para o chão desde o colchão de cada um.

Não tínhamos sido nós, é certo. Mas alguém por nós tinha libertado o centro. Deixar-nos-íamos deitados naquela loja do desporto onde já outros tinham reinado. Pelas primeiras luzes da manhã sairíamos da loja para anunciar aos que restavam a verdade e a libertação.

A escuridão era a noite, não valeria de nada acordar quem dormia em seu pouso. Eram poucas as horas as que faltavam para chegarmos junto ao Homem do Dom e dizermos, Homem do Dom, somos teus novamente em fascínio e veneração, de Ti viemos, por Ti morreremos, o centro é Teu e só Teu, faz de nós o Teu veículo de santidade.

Olhámo-nos, então, e eu disse, descansemos. O dia não tardará, quando ele chegar com a luz do mais belo sol, tenho a certeza, companheiros de exílio e de sobrevivência, conseguiremos, com a mais pura entrega ao Homem do Dom, que tudo continue pelo melhor.

O HOMEM DO DOM

Pois bem, vê então as contas a rolarem pelo centro. Primeiro as que ainda ontem saltaram dos colchões para o chão na loja do desporto. Depois as que saíram das outras lojas onde ainda existia gente. Tudo em conta, então. Falta quem, perguntas, falta a gente que se soube liberta, é altura de se revirarem as células, mais algumas contas. E sim, faltam aquelas que trouxe nas gamelas e que esses homens, que ditaram durante algumas semanas a verdade neste centro, guardaram na dita loja.

Pois bem, vê tu então um mar de contas a percorrer o corredor do centro até mim.

Não achas tu que o teste teve razão de ser, pergunto. Teve e nada ganhaste com ele. Senão vê tu o que se passou, desde a fornicação, morte e assassínio, desde o roubo ao esconjuro, desde a violação até à mais vil separação de um casal como o dos pretos, desde uma leve e ténue tentativa de gestão mais certa, coitadinha dela, até à adoração a umas coisas que eram contas com direito a celebrações com padres pagãos. Pois é, e depois a morte, a morte e a morte e a morte. Ditadores, pensamentos vários e da maior vilipendidade, ultrapassagens por cima de tudo e de todos, revoltas, revoltas, revoltas. E eu, homem de dom, como um senhor a quem pediriam a mais bonita salvação.

Achas que depois deste teste ainda vale a pena o que pensavas voltar a fazer, pergunto-te. Achas mesmo que vale a pena mandares novamente alguém anunciar um reino que não terá fim, pergunto-te. Não vale, deixa-te disso. Basta um homem ter algo semelhante a um dom para que, como cães de caça deixados à solta no monte, os outros homens se digladiem. Não mandes, deixa-te estar no teu cume a tricotar outros mundos, este tem muito mais encanto com um homem como eu a orientar a vara. Um diabo de um homem como eu, cheio de tudo e de tudo, cheio de encanto e, concedo, alguma maldadezinha — um dito mal feito homem com o seu dom.

NOTAS

Agradeço a Ana Carmo Reis Sá
Agradeço a Rui Lage.
Agradeço a Mário Azevedo, Paulo Ferreira e Vítor Castro.
Agradeço a Adriana Calcanhotto, Eucanaã Ferraz, Graça Matias Ferraz e Luciana Villas-Boas.
A epígrafe foi retirada da obra da autoria de Stephen Jay Gould, *Wonderful Life — The Burgess Shale and the Nature of History.*

Talvai, entre Outubro e Novembro de 2005
Leblon, Agosto de 2007

Este livro foi composto na tipologia
Classical Garamond BT em corpo 11/16, e impresso
em papel off-white 90g/m^2 no Sistema Cameron da
Divisão Gráfica da Distribuidora Record.